LE DIEU SAUVAGE

ELIZA RAINE

À tous ceux qui ont le sentiment de ne pas être à leur place.
Votre tribu existe quelque part...

UN

BELLA

Je sentais l'adrénaline m'envahir lorsque le portail se referma derrière moi, emportant en même temps la lumière d'Érimos. Brandissant mon épée, je clignai des yeux dans l'obscurité, chaque muscle de mon corps tendu et alerte.

Les tables de pierre sur lesquelles j'avais vu le corps de Joshua étaient vides et sinistres, alignées uniformément, éclairées par des bougies placées dans des appliques en fer sur les murs. Je balayai l'espace caverneux du regard, comptant cinq tables dans la largeur de la pièce, et trop pour les compter dans le sens de la longueur. Je me tenais aussi immobile que possible, tendant l'oreille pour déceler toute éventuelle présence dans cet espace sans fenêtre. Mais j'étais certaine que la pièce était aussi vide que les tables. Tendant la main vers la table la plus proche, je touchai la tache sombre que j'avais vue de l'autre côté du portail.

C'était du sang.

J'angoissai de plus en plus et sentis la chaleur

d'Ischyros dans ma main s'intensifier. Je serrai l'arme plus fort, comme pour me sentir moins seule.

Tu aurais dû quitter Arès, me dis-je. *Tu ne lui dois rien !*

La rage provoquée par sa trahison s'empara de moi, renforçant ma détermination. Je n'avais pas à me sentir coupable. C'était de sa faute à lui, après tout. J'étais ici pour sauver mon ami, et c'est ce que j'allais faire.

Mais la douleur dans ma poitrine ne diminua pas, malgré mes efforts pour repousser le sentiment de perte que je ressentais.

J'avançai. Il n'y avait pas de sortie là où j'étais, je devais donc en trouver une.

En regardant attentivement tout ce qui m'entourait, je me frayai un chemin à travers les tables. Le moindre indice pouvait être utile. Je remarquai que les murs semblaient être recouverts de bois foncé, mais je ne vis rien d'autre que des tables et des bougies vacillantes.

Mon esprit s'emballa alors que j'essayai de comprendre comment autant de corps avaient pu être déplacés de cette pièce, et où ils pouvaient se trouver maintenant. Dans ce monde où la magie faisait partie intégrante de la réalité, tout était possible... Pourquoi les Seigneurs m'avaient-ils envoyée ici s'il n'y avait rien à trouver ?

Une partie de moi savait avec certitude qu'ils n'allaient pas m'aider. C'était un piège, j'en étais certaine. Mais leur intention était-elle de me tuer pour que je ne puisse pas aider Arès ? Ou allaient-ils au contraire me donner ce que je souhaitais pour que je ne l'aide pas ?

La première hypothèse semblait la plus probable, et j'accélérai, envahie par la peur de mourir. Malgré le danger, je ne regrettai pas ma décision. Si j'avais une chance de trouver Joshua ici, où qu'il soit, je n'avais pas d'autre choix que de la saisir. Car je me sentais redevable envers Joshua. Certes, il m'avait menti pendant tout le temps que nous avions passé ensemble, mais il avait tout fait pour m'aider. Et il ne m'avait pas juste utilisée comme ce trou du cul géant l'avait fait.

J'accélérai encore davantage le pas, cherchant une sortie à tout prix. J'avais conscience que je prêtais moins attention à mon environnement, mais je voulais à tout prix quitter cette pièce sinistre ; c'était ma priorité. Je voulais de la lumière, de l'air. Je voulais savoir où j'étais, et pourquoi. Je voulais trouver Joshua.

Enfin, au bout de quelques minutes, le fond de la pièce apparut dans la pénombre. Soulagée, je courus jusqu'à une arche sombre située au centre du mur qui donnait sur des escaliers que je montai deux par deux, mue par l'espoir que Joshua puisse être en haut.

Mais, lorsque j'atteignis la porte en bois en haut des escaliers et que je la franchis, un sentiment de choc s'empara de moi.

Jamais je n'aurais imaginé une telle chose...

J'étais sur un navire. Un navire colossal, avec des planches de bois brillantes, des mâts comme des troncs d'arbres géants, des voiles...

J'eus le souffle coupé en regardant les voiles accrochées aux trois mâts. Elles semblaient faites d'or liquide, avec des couleurs métalliques qui scintillaient au gré de leurs ondulations. Alors que je les regardais, émerveillée et bouche bée, une rafale de vent balaya le pont, soulevant mes cheveux qui flottèrent à la verticale. Je n'avais jamais rien vu d'aussi beau !

Pourtant, quelque chose n'allait pas, quelque chose d'évident, et l'émerveillement laissa place à l'inquiétude. Clignant des yeux autour de moi, je remarquai que de gros nuages flottaient de part et d'autre du navire. Des nuages aux couleurs pastel, roses et violets, traversés par une poussière scintillante.

L'odeur iodée de l'océan m'enivrait, et mon pouls s'accéléra. D'un pas lent, je franchis la porte. Jetant un coup d'œil derrière moi, je réalisai que j'étais dans la partie arrière surélevée du navire, la barre en forme de roue se trouvant sur une plate-forme au-dessus de la porte que je venais de passer. Je repensai aux films de pirates que j'avais vus petite, et compris que j'étais sur le pont arrière. Je regardai vers l'autre extrémité du navire, un peu plus loin, et découvris un autre pont identique à celui sur lequel je me trouvais. Deux ponts arrière... Décidément, tout était différent dans ce monde, même les bateaux !

Je marchai prudemment, sachant qu'il n'était pas normal qu'un navire de cette taille soit dépourvu d'équipage. Car je ne voyais personne. J'atteignis la haute balustrade et me penchai par-dessus.

Mon estomac se souleva d'un seul coup : nous n'étions pas en mer, mais dans les airs. Nous volions !

Putain...

Je me souvins alors de ce que m'avait dit Zeeva au sujet des navires volants et, le premier choc passé, je sentis l'exaltation s'emparer de moi.

Un bateau pirate volant !

— Ce n'est pas possible ! soufflai-je, mes mots disparaissant dans les nuages qui passaient en trombe devant nous.

Soudain, une vague de froid s'abattit sur moi. Je crus d'abord que c'était en raison de l'altitude mais, alors que mes cheveux se dressaient sur ma tête, et qu'un filet glacé descendait le long de ma colonne, je réalisai qu'il s'agissait d'autre chose. Quelque chose de magique. Je ne savais pas ce que c'était, mais j'étais presque soulagée de n'être pas seule sur le navire. Peut-être était-ce quelque chose ou quelqu'un qui allait pouvoir m'aider à trouver Joshua ? Levant mon arme, je me retournai d'un seul coup.

Je découvris alors des ombres qui n'étaient pas là lorsque j'étais arrivée. Elles rampaient le long du mât central, et une fumée sombre semblait s'échapper du pont, dégageant une odeur âcre qui me fit penser instantanément à du sang.

— Montrez-vous ! criai, alors que ma vision devint rouge.

Un gémissement grave et plaintif résonna. D'abord distant, il se fit de plus en plus fort et semblait s'approcher de moi. Terrifiée, j'avais envie de me boucher les oreilles, mais je gardai ma position, m'éloignant lentement de la balustrade – je n'étais pas assez stupide pour rester dos à un précipice aussi haut.

— Je n'ai pas peur ! Je veux juste parler ! repris-je.

— Parler ? fit une voix sifflante et aiguë qui m'écorcha les oreilles. Personne ne veut jamais me parler...

— Eh bien, moi si. Montrez-vous !

— Tu n'as vraiment pas peur de moi ?

— Comment le pourrais-je ? Je ne sais pas ce que vous êtes ni qui vous êtes, mentis-je.

En réalité, je craignais l'inconnu bien plus que les ennemis visibles. Si cette créature de fumée était le démon des Enfers, je préférais qu'elle se tienne loin de moi. En attendant, je cherchai la manière dont je pouvais la combattre.

Soudain, la fumée et les ombres s'élevèrent, se rassemblant devant le mât principal, à six mètres de moi. Lorsque le gémissement recommença, plus aigu, presque comme un cri, je tentai de ne pas laisser transparaître l'effroi et la peur que je ressentis. Des images terrifiantes assaillirent mon esprit : je voyais du chagrin, des êtres hystériques pleurant sur des cadavres d'êtres chers. La certitude que j'allais bientôt devenir l'un d'entre eux me tenaillait. Sauf que personne ne me pleurerait. J'étais seule. Je l'avais toujours été.

La désolation était si forte, si puissante, que je faillis baisser le bras. Lorsque, tout à coup, Ischyros s'anima. La chaleur de son manche irradiait dans tout mon corps, chassant les ténèbres qui m'avaient happée tout entière. Je compris alors que c'était la créature qui me faisait ça ; je devais être plus forte qu'elle. Mais c'était plus facile à dire qu'à faire... J'avais beau savoir que c'était un effet, que ce n'était pas réel, tout cela n'en restait pas moins terrifiant.

Lentement, des ailes se déployèrent de la masse noire devant moi. Elles étaient énormes, sombres, épaisses. En me forçant à les observer malgré la terreur qu'elles m'inspiraient, je vis qu'elles étaient déchiquetées, formant des angles bizarres et brisés. Puis l'obscurité disparut et je vis alors parfaitement ce à quoi je faisais face.

J'avais tort de penser que les ennemis visibles étaient plus terrifiants que ceux qu'on ne pouvait pas voir. Cette chose devant moi aurait dû rester dans l'ombre et la fumée pour l'éternité.

Malgré son corps et son visage de femme harmonieux, la créature était répugnante. Les ailes déchiquetées n'étaient rien en comparaison du reste. Sa peau était noircie, comme si elle avait été brûlée, et la seule couleur autre que le noir était celle des plaies rouges béantes sur tout son corps, qui laissaient apparaître des lambeaux de chair et des os pourris nauséabonds. Son visage semblait avoir fondu, ses traits s'affaissaient et sa bouche pendait trop bas, comme si sa mâchoire n'était plus reliée à son crâne, et que seule sa peau calcinée la maintenait en place. Sa bouche béante donnait l'impression qu'elle criait. Et ses yeux... C'était encore pire ! Noirs, totalement dépourvus d'âme, je n'avais jamais rien vu d'aussi choquant ou déroutant. Même les traits impassibles de Terreur étaient préférables à ces puits de néant.

— Tu sens la guerre, siffla-t-elle, sans que sa bouche ne bouge.

J'avais du mal à respirer.

— Qui es-tu ? me forçai-je à demander.

— On ne me donne pas de nom dans le monde souterrain. *Toi*, qui es-tu ?

— Bella, balbutiai-je.

Mes paumes étaient couvertes de sueur, tout comme mon dos, malgré le vent frais qui soufflait sur le vaisseau.

— Où sommes-nous ? Et où sont les gardiens ?

— Tu viens juste de les manquer, petite déesse, gloussa-t-elle, me faisant frissonner. Zeus me demande souvent de les déplacer...

— Zeus ? Qu'a-t-il à voir avec tout ça ?

— Il m'a libérée. Je ne pose pas de questions, et il me laisse avoir des âmes.

De la fumée s'éleva autour d'elle lorsqu'elle prononça le mot « âmes » avec une excitation qui me glaça le sang.

— Où sont les gardiens ? demandai-je à nouveau.

Ma peau crépitait d'adrénaline, et je luttais pour contenir mon énergie. Chaque partie de moi avait envie de se déchaîner, de prouver à cette chose qu'il ne fallait pas me faire chier. C'était ma réponse à la peur.

— Pourquoi es-tu là ? Tu sens bon...

Je sentis mon estomac se retourner.

— Les Seigneurs de la Guerre m'ont envoyée ici. Tu les connais ?

Elle gloussa à nouveau.

— Les Seigneurs de la Guerre sont trop gentils, cria-t-elle, me faisant sursauter. Mais je ne pense pas que mon maître veuille que je prenne ton âme. Je crois qu'il a d'autres projets pour toi et l'autre imbécile.

— Qui ? Arès ?

— Mais tu sens si bon... Je suis sûr qu'il doit pouvoir modifier ses plans...

— Qu'a-t-il prévu ? m'inquiétai-je, tendue alors que la fumée plana plus près de moi.

Je ne savais pas comment me défendre contre elle.

— Ce ne sont pas mes affaires. Pourquoi l'autre n'est pas avec toi ?

— Je... Je suis venue seule, murmurai-je, la culpabilité d'avoir abandonné Arès s'emparant de moi. Dis-moi où sont les gardiens, maintenant !

Je fis de mon mieux pour reprendre mon assurance et ma peau se mit à briller.

Putain, c'est pas vrai ! fulminai-je à l'intérieur de moi.

Clairement, je ne faisais pas le poids dans ce face-à-face. Je ne savais pas comment combattre un démon, Joshua n'était nulle part, et je ne pouvais même pas me téléporter. J'étais coincée sur un navire volant avec un putain de démon flippant qui voulait mon âme. Il fallait que je trouve un moyen...

Un grognement sourd s'éleva du pont, et des cris lointains résonnèrent dans le vent.

— Tu sais, tu sens encore meilleur quand tu utilises ton pouvoir, siffla-t-elle. Tu sens comme le feu, l'acier et la terre.

Je réalisai que c'était l'odeur d'Arès. Un désir féroce de le voir à mes côtés me transperça, et je serrai les dents, en colère contre moi-même d'être aussi faible et démunie.

Mais plus j'essayais de me convaincre que je n'avais pas besoin de l'aide du Dieu de la Guerre, plus je réalisais à quel point je me trompais. Je sentis la force couler dans mes veines tandis que mon pouvoir transformait la peur en colère.

— Arrête de me renifler comme un chien et dis-moi où sont les gardiens ! ordonnai-je avec, cette fois, une véritable assurance.

— Malheureusement, tu es bien trop appétissante pour que je te laisse m'échapper, petite déesse.

Puis elle plongea sur moi avec un cri perçant, douloureux, qui envahit mon crâne et oppressa ma poitrine.

J'étais tétanisée.

DEUX

ARÈS

Je pris une grande inspiration tandis que ma poitrine se contractait, comme prise dans un étau. Je connaissais ce sentiment étranger. C'était l'anxiété.

J'avais peur pour Bella. Au point que mon cœur ne battait plus régulièrement, que mon pouls s'emballait, et que ma gorge était serrée. Mon corps me trahissait ; il se comportait comme un enfant gâté alors qu'il aurait dû être stable, solide, inébranlable.

Mais pourquoi me fait-elle cet effet ?!

Aussi forte que semblait Bella, elle ne pouvait pas affronter seule un démon des Enfers. Elle n'avait aucun entraînement, aucune idée de ce à quoi elle avait affaire et, surtout, aucune échappatoire.

— Éris, si tu tiens un tant soit peu à moi, tu feras ce que je te demande ! aboyai-je, tandis que ma sœur sirotait lentement le contenu d'une coupe en métal.

Il m'avait fallu près de vingt minutes pour la trouver après avoir couru de l'arène jusqu'à Érimos. Lorsque je la vis, je compris qu'elle était contente de me voir dans cet état. Désespéré.

— Mon frère, tu sais bien que je ne me soucie de personne...

— Si tu me conduis à elle, je ferai des ravages, tentai-je.

Elle me regarda avec un certain intérêt.

— Tu sais me parler..., murmura-t-elle en posant son verre sur la table en bois devant elle.

J'avais fini par la trouver dans un bordel, et elle avait refusé de partir malgré mon insistance. Un jeune homme nu, sorti de nulle part, remplit son gobelet et me jeta un regard anxieux, certainement en raison de mon armure que je portais toujours. Éris lui fit un clin d'œil.

— Bella me déteste en ce moment, poursuivis-je. Et elle ne manquera pas de semer le trouble où qu'elle soit. C'est gagnant-gagnant pour toi.

— Le truc, Arès, c'est que je sais ce qui se cache derrière le nouvel enthousiasme des seigneurs pour te faire tomber. Et, crois-moi, ce n'est pas quelqu'un avec qui on a envie de plaisanter...

— Qui ? Qui est derrière tout ça ?

— Je te l'ai déjà dit, je ne te donnerai rien gratuitement.

Mon inquiétude se fit plus vive et je grognai sans pouvoir m'en empêcher. Cette émotion envahissante, constante, et inutile n'avait pas sa place en moi. Or, je savais que pour l'éradiquer, je devais assurer la sécurité de Bella. Et Éris était la seule personne à qui je pouvais demander de l'aide.

— Qu'est-ce que tu veux ?

— Je veux savoir qui elle est, Arès.

— Non. Je ne peux pas te le dire.

Je ne le pouvais vraiment pas.

La culpabilité s'ajouta à l'anxiété. C'était aussi un

sentiment que je connaissais. Il m'était devenu familier, ces derniers temps. C'était infernal ! Comment les mortels faisaient-ils pour gérer ses émotions déprimantes ?

— Alors je ne peux rien faire pour toi, mon frère. Je ne peux pas risquer de déclencher sa colère si tu ne me donnes rien en échange...

Je m'accrochai à ces mots.

— Sa colère ?

Elle arqua les sourcils, les yeux brillants.

— Oups. Ai-je réellement dit cela à voix haute ? fit-elle mine de se désoler.

— Éris, soit tu me dis ce que tu sais, soit tu m'envoies vers Bella. Je te jure que le chaos en vaudra la peine.

Je savais qu'elle voulait m'aider. Je pouvais voir l'hésitation sur son visage quand elle me fixait.

— Donne-moi quelque chose en retour, dit-elle finalement.

— Je ne peux pas te dire qui elle est.

— Alors admets au moins qu'elle te plaît...

Je fus soulagé que mon casque cache mon visage. Car je me sentais rougir, envahi par une sensation de malaise, de gêne, et... d'excitation ? Par tous les dieux, que m'arrivait-il ? Je ne savais pas qu'on pouvait ressentir autant de choses... Plus je m'éloignais de Bella et de son pouvoir, plus les sentiments m'envahissaient. C'était insoutenable.

Éris éclata de rire.

— On dirait un gamin pris la main dans le sac... Je connais bien ce regard-là ! Allez, je ne vais pas t'embêter davantage cette fois.

Sa désinvolture et son sourire me mirent hors de moi.

— Je ne t'ai rien dit ! J'ai essayé de l'attirer, comme tu m'as dit...

Mais mes protestations furent inutiles. Le sourire toujours vissé aux lèvres, Éris se leva.

— La sorcière dont tu es amoureux va péter les plombs quand elle va l'apprendre. J'ai hâte de voir ça ! Oh, et fais-moi une faveur, veux-tu ? Si quelqu'un demande qui t'a aidé, ne leur dis pas que c'était moi. Dis-leur que c'était Hermès. Ça les déconcertera.

Dans un autre gloussement de rire, une lumière blanche clignotante m'enveloppa et je disparus.

La scène qui était devant moi était à la fois époustouflante et terrifiante, d'autant que je n'y avais pas du tout été préparé.

Voir Bella se déplaçant sur le pont d'un navire plus vite que je n'aurais pu le faire moi-même, son épée lumineuse se déplaçant comme si elle exécutait une danse, était presque érotique.

Mais le démon de l'enfer qui la suivait, évitant la lumière de son épée, puis essayant de la contourner, ne se fatiguait pas aussi vite que Bella. Je savais exactement qui elle était, et ce qu'elle ferait à Bella si elle gagnait le combat.

— Démon de Kères ! hurlai-je.

Le démon rugit et se tourna vers moi. Bella se figea, choquée de me voir, mais aussi – me sembla-t-il – avec un brin de soulagement.

— Il ne sent pas aussi bon que toi, siffla la créature en se retournant vers Bella.

— Retourne dans les Enfers, tout de suite ! rugis-je.

Le démon m'ignora complètement, faisant claquer ses ailes pourries alors qu'elle se jetait sur Bella.

Sans une seconde d'hésitation, je tirai sur le cordon qui nous reliait et nous expulsai tous les deux du navire.

TROIS

BELLA

— C'était quoi, ce truc ? criai-je quand la lumière s'estompa.

J'étais perdue et j'avais besoin d'explication ; de savoir où j'étais et ce qu'il se passait.

J'avais envie de tout casser.

Je savais que je n'aurais pas pu la battre. J'avais senti mes muscles se fatiguer, la boule de pouvoir brûlante à l'intérieur de moi faiblir, la puanteur pourrie du démon devenir plus forte chaque fois qu'elle se rapprochait de moi. Je savais qu'à un moment donné, elle aurait fini par m'atteindre et que je n'aurais alors plus aucun moyen de lui échapper. Mon instinct de survie m'avait alors mise dans une sorte de transe ; mes mains s'étaient mises à me brûler comme si j'avais été à nouveau à l'intérieur de l'Hydre, et ma vision était devenue rouge sang.

— Putain, tu m'as trahie ! hurlai-je soutenant le regard d'Arès, qui semblait lui aussi fou de rage.

— Frappe-moi, dit-il.

Comme l'Incroyable Hulk, je balançai mon épée à l'aveuglette, hurlant et jurant alors que la lame frappait contre son armure dans un bruit sourd, encore et encore. Le manche d'Ischyros, que je tenais à deux mains, était brûlant, et chaque contact entre la lame et l'armure d'Arès envoyait comme une décharge électrique dans mes bras, mais une décharge agréable. Je me débattais, me défoulais, lui assénant des coups sans en être vraiment consciente. Je savais qu'il puisait mon énergie ; je sentais vaguement sentir le cordon vibrer dans mon ventre, mais je n'en avais pas besoin.

Je continuai à le frapper jusqu'à ce que mes bras ne puissent plus lever mon épée suffisamment haut, et que ma respiration soit si laborieuse que je voyais tout tourner. Alors, haletante, épuisée, je laissai tomber Ischyros au sol, sous le regard insistant d'Arès.

La brume rouge se dissipa alors que la rage laissa place aux questions qui se bousculèrent dans ma tête, si rapidement et si intensément que j'en eus mal à la tête.

— Donne-moi ta main, me dit doucement Arès.

— Non, crachai-je immédiatement.

Il s'avança et la saisit malgré tout, et je glapis de douleur même si un lent frisson agréable se répandit sur ma peau. Il était en train de me guérir.

Je retirai ma main, et la douleur revint immédiatement.

— Je peux le faire moi-même, sifflai-je.

Mais, alors que j'essayai de me concentrer sur la guérison de mes blessures, rien ne se passa, et je trépignai de frustration et d'embarras.

— De toute façon, je n'ai pas le temps pour ça ! marmonnai-je en serrant les dents. J'ai un tas de questions et t'as plutôt intérêt d'y répondre ! Sinon, je ne reste pas une minute de plus avec toi.

Arès me fixa à travers son casque pendant un long moment, avec une expression indéchiffrable.

— Très bien, finit-il par soupirer. Je te dirai tout ce que je sais. Mais je vais d'abord prendre un verre. Tu en veux un ?

Choquée, je le regardai s'éloigner en clignant des yeux. Je m'étais attendue à une dispute ; pas à une invitation à boire...

— Oui, je veux bien... Un nectar.

J'étais épuisée. Physiquement, et magiquement. Je regardai autour de moi, alors que mon corps continuait de vibrer légèrement sous l'effet de l'adrénaline qui coulait encore dans mes veines. Nous étions dans une pièce faite de rondins de bois, et Arès se dirigea vers un comptoir fixé sur un mur, à côté d'une grande bibliothèque. La pièce était grande et ouverte, avec un lit et des placards contre un autre mur et des canapés au milieu. Une petite kitchenette avec un évier se trouvait sur le mur à ma gauche.

Lentement, j'allai m'asseoir sur un canapé rose pâle rembourré, et pris le temps d'observer le décor : tous les meubles semblaient appartenir à une maison de retraite.

Arès me rejoignit avec deux verres. Il m'en tendit un, puis s'assit sur l'autre canapé, d'une jolie couleur corail. Si je n'avais pas été aussi énervée et confuse, j'aurais ri : le décor ne lui allait absolument pas !

J'ouvris la bouche pour lui poser une question, mais il commença avant que je ne puisse prononcer le moindre mot.

— Le démon sur ce navire est un démon de Kères. Ce sont les esprits de la mort violente. Ce sont eux qui prennent les âmes sur les champs de bataille. Je ne sais pas pourquoi celui-ci a volé les âmes des gardiens.

— Les âmes peuvent-elles être restituées ? demandai-je, la gorge serrée alors que le visage de Joshua emplissait mon esprit.

— Oui. Le démon devra répondre à Hadès quand il retournera aux Enfers. Et Hadès veillera à ce que les âmes qu'il n'aurait pas dû prendre soient libérées.

Ouf..., Putain, j'ai tellement flippé !

— Les démons de Kères sont étroitement liés à mon... à *notre* pouvoir, comme la mort violente est liée à la guerre. Lorsque je t'ai rejointe sur le navire, j'ai espéré un moment qu'elle m'obéirait, mais elle était bien trop forte...

— Elle a dit qu'elle travaillait pour Zeus, dis-je. Pourquoi ?

Arès se figea, puis prit une très longue inspiration.

— Cronos, le Titan le plus puissant et le plus dangereux du monde, est emprisonné au Tartare, dans les Enfers. Zeus a récemment cherché à le libérer, pour rappeler au monde que les Titans sont dangereux. Il a ensuite prévu de le capturer à nouveau, pour prouver qu'il était plus fort que tout.

Je regardai Arès en écarquillant les yeux.

— Quelle tête de nœud ! Mais j'imagine que tout ça à un sens ?

Arès serra les dents, semblant hésiter à en dire davantage, mais continua.

— Les autres dieux pensent que Zeus a présumé de ses forces. Ce faisant, il a déclenché une guerre gigantesque, et il a fallu l'aide de nombreux autres Titans puissants, qui ont accepté de trahir Cronos, pour la gagner.

— Des Titans comme Océanos ? m'aventurai-je.

Il était clair depuis mon arrivée ici qu'Océanos était plus puissant que les autres. Il était apparemment le seul à pouvoir restaurer le pouvoir d'Arès.

— Oui. Ainsi que Prométhée et Atlas. Ces Titans ont

disparu depuis, car Zeus les a déclarés indésirables dans l'Olympe. Océanos est revenu il y a quelques mois seulement. Après qu'Hadès lui a offert à Océanos son propre royaume.

Je pris une profonde inspiration.

— Et cela a contrarié ton petit papa ? ironisai-je.

La colère jaillit dans les yeux d'Arès.

— C'est compréhensible ! Zeus est le souverain de l'Olympe, et Hadès n'avait pas le droit d'enfreindre les règles. Nous n'avons pas le droit de créer de nouveaux royaumes.

— Bon, et après ? le pressai-je.

Je perdais patience. J'étais toujours furieuse contre ce connard et je voulais savoir ce que tout cela avait à voir avec Joshua et le démon.

— Zeus était très contrarié que son plan ait échoué. Hadès et Perséphone ont réussi à emprisonner Cronos et nous, les autres dieux, avons dû affronter Zeus. Ensuite, tu sais ce qui s'est passé...

— Il a pris ton pouvoir et s'est barré.

Arès expira avec colère.

— Voilà, on peut dire les choses comme ça j'imagine... En tout cas, je ne sais pas ce que Zeus attend de la magie des gardiens.

Il retomba dans un silence pensif.

— Pourquoi aurait-il besoin d'un si grand nombre d'entre eux ? Il y avait des centaines de tables dans cette pièce.

Prononcer ces mots me rappela douloureusement que j'avais complètement échoué à trouver Joshua. Je pris une gorgée de nectar, ravalant ma honte et ma déception.

— Évidemment qu'ils sont nombreux ! s'exclama-t-il,

me faisant sursauter. Il utilise leur magie pour se cacher et qu'aucun des dieux ne puisse le retrouver.

— Comment ça ?

— Les gardiens cachent la magie aux mortels. Ils masquent les pouvoirs, si tu préfères. Je pense que Zeus utilise le démon pour voler les âmes des gardiens, dont il utilise ensuite les pouvoirs pour se cacher des autres dieux.

Il y avait de l'admiration dans sa voix.

— Si ce que tu viens de dire est vrai, Zeus ne voudra pas abandonner le démon. Alors pourquoi a-t-il été offert aux seigneurs de la Guerre en guise de prix pour les Épreuves ?

— Je ne sais pas quel est le lien avec les seigneurs. Mais si Zeus a assez d'âmes, il n'a plus besoin du démon.

— Oh...

Je pris une autre gorgée de mon nectar. Arès n'avait pas touché à son verre. Il ne pouvait pas. Son casque était toujours sur sa tête. En imaginant son visage sous son casque, je ressentis comme une douleur, due à l'émotion.

— Pourquoi m'as-tu fait ça ? Pourquoi as-tu essayé de drainer mon pouvoir ? demandai-je d'une voix à peine audible.

Je baissai le regard sur mes mains, incapable de le regarder dans les yeux. J'avais trop peur de perdre à nouveau mon sang-froid.

— Je te l'ai dit. Je pensais que c'était le moyen le plus rapide de gagner.

— Tu es vraiment si égoïste ? Si cruel ?

Il y eut un long silence, si long que je ne pus m'empêcher de lever les yeux vers lui.

Ses yeux étaient remplis d'émotion, débordants de tristesse et de doute. Mais lorsque mes sourcils se levèrent

dans une expression de surprise, ils se vidèrent entièrement, comme si des murs froids s'étaient refermés autour
de lui. Il redevint alors le dieu froid et impassible.

— Oui.

Je perdis alors tout espoir.

— Dans ce cas, je refuse de t'aider.

— Si tu veux retrouver ton ami, tu n'as pas le choix.

— J'ai toujours le choix, putain ! rétorquai-je en haussant le ton. Toujours !

Mais, en réalité, il avait raison : je n'avais pas le choix.
Je ne pouvais pas me téléporter. Je ne savais pas comment
retourner sur ce navire. Et je savais au fond de moi que je
ne pouvais pas vaincre le démon seule. Il était bien trop
puissant.

Même si je ne le voulais pas, j'avais besoin de lui.

QUATRE

Avant que le dieu de la guerre ne puisse dire un mot de plus, et que je ne perde à nouveau mon sang-froid, je me levai d'un bond.

— Où sont les toilettes ?

Il me montra du doigt l'une des deux portes de la pièce et je m'y dirigeai, tenant toujours mon verre de nectar à la main. Dès que j'entrai dans le minuscule espace, je claquai la porte derrière moi et m'appuyai contre elle. Gémissant en fermant les yeux, je réalisai que c'était la deuxième fois que je me réfugiais dans une salle de bain pour éviter le dieu de la Guerre. Ça commençait à devenir une habitude...

Je n'arrivais pas à pardonner à Arès ce qu'il avait essayé de faire dans l'arène. Il avait trahi ma confiance trop brutalement. Mais je n'avais pas non plus la volonté de le haïr plus longtemps. J'avais vu ses yeux quand je lui avais demandé pourquoi il avait fait ça, et j'étais sûre que je n'avais pas imaginé ce que j'y avais vu, alors qu'il pensait que je ne le voyais pas. Tout comme je n'avais pas imaginé le feu, les tambours, et la chaleur lorsque nous nous étions embrassés.

Je ne pouvais pas croire qu'il avait agi uniquement par égoïsme ou par cruauté. Si cela avait été le cas, j'aurais vu la froideur dans son regard dès le début. Or, cette froideur, je voyais bien qu'il l'arborait comme un masque, pour se protéger de moi. Il y avait plus en lui que ce qu'il montrait. Il *avait* un cœur. J'en étais presque sûre.

Mais peut-être était-ce moi qui voulais à tout prix y croire ? Peut-être que je l'imaginais meilleur qu'il ne l'était ?

Quittant la porte en bois, je me dirigeai vers l'évier et posai mon verre sur le petit rebord en porcelaine. Puis je jetai un coup d'œil vers ce que je supposai être la cabine de douche. Dès que je m'en approchai, l'eau se mit à pleuvoir du plafond sombre et, avec un soupir, je quittai ma tenue en cuir. Je pris un moment pour soigner les dernières ampoules sur mes mains ; j'étais maintenant suffisamment calme pour le faire. Voir mes ampoules se résorber m'apaisa encore davantage. Je n'en revenais pas d'être capable d'une chose pareille !

Dès que j'entrai dans la douche, l'eau chaude détendit mes muscles tendus et calma mes pensées. Enfin, je pus réfléchir sans que mes émotions prennent le dessus. Je fis alors une liste de « trucs de merde ». Très vite, je réalisai que cette liste était déprimante, tant par son contenu que par sa longueur. Je n'avais pas réussi à sauver Joshua. Et pire, le dieu qui l'avait enlevé, que ce soit Zeus ou le démon, était plus puissant que moi. Les seigneurs de la Guerre m'avaient délibérément envoyée à la mort, probablement dans le but de tuer ou de dominer Arès.

Plus j'y pensais, et plus il était évident que j'avais besoin d'Arès pour vaincre les Seigneurs. Que ça me plaise ou non, le seul moyen de sauver mon ami était de réussir leurs putains d'épreuves.

Il manquait beaucoup de choses sur ma liste, et maintenant que ma rage s'était calmée, j'étais prête à poser d'autres questions. Pour commencer, j'avais besoin de savoir où nous étions, et où était Zeeva, Comment Arès m'avait trouvée et comment j'avais pu faire ce que j'avais fait dans l'arène lors de l'épreuve de Douleur. Je ressentais toujours la force qui m'avait habitée lors du dernier combat, et je devais à tout prix savoir comment la retrouver. Zeeva m'avait dit que je devais retrouver mes pouvoirs pour rester dans l'Olympe ; maintenant que j'en avais eu un aperçu, j'en voulais plus. Beaucoup plus.

J'avais tant de questions... Mais je redoutais d'affronter l'homme qui avait les réponses.

J'enveloppai mes nouveaux cheveux longs dans une serviette et m'habillai. Puis, finissant mon verre de nectar, je respirai plusieurs profondément avant de quitter la salle de bain. Je devais laisser à Arès le bénéfice du doute. Je ne pouvais pas lui faire confiance, mais si je devais collaborer avec lui, je préférais le faire en croyant qu'il valait la peine d'être aidé.

— Je peux avoir un autre verre ? lui demandai-je en entrant dans la pièce de la manière la plus décontractée possible.

Arès se leva immédiatement et je perdis ma résolution. Son casque et son armure avaient disparu, et le bandeau doré sur son front était le seul bout de métal qui lui restait. Ses cheveux souples étaient ramenés en arrière, quelques mèches encadrant son visage carré. Lorsqu'il me regarda dans les yeux, mon cœur bondit dans ma poitrine.

Ne rougis pas, ne rougis pas, tentai-je de me raisonner.

Heureusement, il se détourna de moi et se dirigea vers le comptoir.

— Où sommes-nous ? commençai-je.

— Dans le royaume de Panique, Dasos.

— Okay... Où est Zeeva ?

— Je n'en ai aucune idée.

Je m'affalai sur le canapé rose.

— Comment as-tu fait pour te téléporter sur le navire ?

— Ça n'a pas d'importance.

Je levai les yeux au ciel.

— Donc, quelqu'un t'a aidé. Et vu la facilité avec laquelle tu demandes de l'aide, il doit s'agir de Zeeva ou de ta sœur. Et si tu ne sais pas où est Zeeva...

— Ça va, ça va... C'était Éris.

Je le regardai avec défiance alors qu'il s'approchait de moi, un verre de vin rouge à la main. Il portait une chemise en lin ample décolletée, et je réalisai que c'était la première fois que je le voyais porter une chose pareille. Je l'avais toujours vu soit torse nu, soit vêtu de son énorme armure dorée.

Quelque part, ne pas voir la peau lisse de sa poitrine, ses biceps durs comme la pierre, et ses muscles abdominaux magnifiquement définis, était pire que de les avoir sous les yeux.

Putain... Mais qu'est-ce qui ne va pas chez moi ?

— Je te déteste toujours, déclarai-je alors qu'il me tendait un verre de vin.

— Je sais. C'est pour ça que je te fais boire comme un vulgaire paysan, me répondit-il d'un air renfrogné. C'est comme ça qu'on se fait pardonner, non ?

Je le fixai du regard.

— Eh bien, oui, mais tu es censé le faire en regrettant

sincèrement ton attitude, et me prouver que tu es quelqu'un de bien. Pas en me disant que tu te sens obligé de le faire... Décidément, tu ne sais vraiment pas interagir normalement avec les gens...

En prononçant ces mots, j'en prenais pleinement conscience.

— J'interagis avec beaucoup de gens, dit-il d'un ton bourru, en s'asseyant sur l'autre canapé.

— Des dieux et des monarques ! me moquai-je. Mais avec les gens normaux ?

— Il n'y a rien de normal dans l'Olympe, dit-il doucement avant de boire une gorgée de vin.

Ironiquement, c'était la chose la plus « normale » que je le voyais faire.

— Tu sais, je crois que tu te trompes complètement, dis-je, sans détour.

— Quoi ?

— Je pense que tu es tellement déconnecté de la réalité, tellement absorbé par ton pouvoir divin, que tu passes à côté de tout ce qui est bon dans le monde. Surtout dans un monde comme celui-ci.

Il me lança un regard condescendant.

— Tu ne connais rien de ce monde. Je peux t'assurer que tu te trompes lourdement.

Je haussai les épaules.

— Bientôt, je connaîtrai ce monde autant que toi. Et je te parie tout ce que tu veux que je saurai en profiter à fond. Cent fois plus que toi en tout cas !

Il ricana avec agacement.

— Je suis parfaitement capable d'apprécier les choses. Mais pas toi, ni cette maudite situation !

— Charmant ! marmonnai-je. Alors, qu'est-ce qui te plaît ?

Il détourna le regard, la gêne vacillant dans ses yeux. Je savais à quoi il pensait : Aphrodite. Cette vérité me mit mal à l'aise et je bus un peu de vin pour chasser cette sensation étrange dans mon ventre.

— Les bateaux, dit-il soudainement. J'aime être sur le pont d'un bateau.

Je saisis ses mots et m'y accrochai, soulagée de parler d'autre chose que de la déesse de l'amour.

— Les bateaux ? Je comprends... Celui que j'ai vu ici était assez impressionnant, en effet. Même si j'étais un peu distraite...

Je savais que ce que je disais n'avait pas beaucoup d'intérêt, mais je continuai malgré tout.

— Est-ce que tous les bateaux volent ici ? Pourquoi celui-là avait-il deux gouvernails ?

— Les voiles solaires absorbent l'énergie de la lumière. Donc, à moins qu'il ne fasse nuit, ils volent tous. Il y a différents types de bateaux, et celui-là appartenait à la plus grande catégorie : c'était un Zéphyr. Il a deux quarts de pont parce qu'il est immense.

Arès semblait tout aussi soulagé que moi de parler d'autre chose que d'Aphrodite, et je décidai de saisir cette occasion, et de creuser le sujet.

— Quelles autres catégories de bateaux y a-t-il ?

— Des Vents de travers, des Tornados, des Whirlwinds.

— Je veux tous les voir, soufflai-je.

Il sembla amusé par mon enthousiasme naïf.

— C'est ainsi que les gens voyagent entre les royaumes. Les royaumes d'Athéna et de Zeus sont dans les cieux et, si on veut les voir, il faut pouvoir voler. La plupart des autres royaumes sont des îles. Héphaïstos a un royaume à l'intérieur d'un volcan, et celui de Poséidon est sous l'eau.

Ce qu'il me décrivait semblait à ce point merveilleux que j'étais emplie d'une exaltation intense.

— Sont-ils tous dirigés par des Rois et des Reines ?

— Non. Mon royaume est le seul à réunir plusieurs petits royaumes différents les uns des autres, chacun avec un climat unique. Seul le royaume d'Apollon égale le mien en matière de climat extrême.

Il y avait de la fierté dans sa voix et son regard.

— À quoi ressemblent les royaumes des cieux ?

— Zeus vit au sommet du mont Olympe, et les riches citoyens vivent dans des manoirs construits en verre, placés dans un anneau de nuages autour du sommet de la montagne. Le royaume d'Athéna est davantage industriel. Il est constitué de centaines de plates-formes reliées par des ponts. Elle est l'une des seules, parmi les dieux de l'Olympe, à subvenir aux besoins de tous ses citoyens, avec du travail rémunéré, notamment dans des usines. Son royaume attire donc beaucoup de monde et est surpeuplé.

Le ton avec lequel il disait cela, comme s'il se moquait d'Athéna, m'agaça.

— Et toi ? Tu ne te sens pas obligé de subvenir aux besoins des habitants de ton royaume ?

Il haussa les épaules.

— Ce n'est pas ma préoccupation première, non.

Je secouai la tête.

— Tu n'es pas un souverain, Arès. Tu te comportes comme le propriétaire d'un très gros jouet.

Son visage s'assombrit et des étincelles jaillirent de ses yeux, mais je trouvais son comportement si révoltant que je ne prêtai même pas attention aux battements de tambour qui se mirent à résonner.

— Il y a une différence entre posséder des terres et avoir des sujets. Se contenter de confier à d'autres la charge de prendre soin des habitants de son royaume sans se soucier de ce qui peut leur arriver n'est pas gouverner !

— Je n'ai jamais prétendu être un dirigeant. Je suis un dieu ! tonna-t-il. Le dieu de la Guerre ! Dans mon royaume, les plus forts règnent, et ils gagnent le droit de régner comme ils l'entendent. C'est comme ça, et c'est ainsi que ça devrait être.

— Je ne suis pas d'accord. Je ne dis pas que tu devrais rendre le Bélier moins dangereux, ou interdire que les gens s'entretuent pour le pouvoir, mais il y a beaucoup de choses que tu pourrais faire pour que ton royaume soit plus vivable pour les plus faibles.

— Et voilà, encore la question des esclaves ! soupira-t-il en levant les yeux au ciel.

— Se battre devrait être une question de gloire et d'honneur, surtout dans le royaume du dieu de la Guerre ! Personne ne devrait être obligé de se battre pour sa liberté ou pour de l'argent.

Arès marqua une pause alors qu'il s'apprêtait à boire une gorgée de vin et me regarda droit dans les yeux. Ses iris brillaient, mais ce n'était pas de la colère. Était-ce de l'intérêt ?

— Ce que tu veux dire, c'est qu'il n'y a aucune gloire à gagner un combat auquel on est forcé de participer ? me demanda-t-il lentement.

— Oui. Si tu veux que ton royaume soit couvert de gloire, l'esclavage n'est pas la solution...

— Je n'avais jamais vu les choses comme ça... Ce sentiment que j'ai eu hier, en combattant comme un mortel...

Je rougis, le souvenir du baiser que nous avions échangé après le combat m'envahissant à nouveau.

— Je comprends qu'on puisse se battre pour ressentir cela. C'était... Glorieux. Enivrant.

— Exactement, confirmai-je en prenant une autre gorgée de vin. Avec de tels combats, pour la gloire, tu remplirais les arènes sans enlever aux gens leur liberté.

Je le regardai du coin de l'œil, les joues encore chaudes. Il sirotait lentement son verre, visiblement plongé dans ses pensées.

Pourquoi étais-je si attirée par un homme qui avait les capacités mentales d'un adolescent ? Jamais je n'aurais cru être à ce point troublée par un crétin pareil uniquement parce qu'il était musclé et sexy.

Parce que tu sais qu'il peut changer. Tu sais qu'il a juste besoin de comprendre ce qu'il n'a pas réussi à voir.

Je secouai presque la tête pour chasser cette pensée. Je savais parfaitement qu'on est toujours déçu lorsqu'on essayait de changer quelqu'un. Pas par expérience personnelle, mais par les nombreuses pièces de théâtre que j'avais vues. Même si, bien sûr, les gens pouvaient certainement s'améliorer, devenir de meilleures personnes – c'était en tout cas le message de beaucoup de pièces et de films. Mais changer du tout au tout ? Non, cela n'était pas possible.

Pourtant, j'étais certaine qu'Arès avait quelque chose en lui. Un potentiel. Depuis que je le connaissais, je l'avais souvent vu revenir sur ses convictions. Mais le fait qu'il n'ait jamais pensé à établir l'égalité dans son royaume ne signifiait-il pas qu'il était une personne monstrueuse ?

Je repensai aux nombreuses expériences horribles que j'avais vécues : la prison, les réseaux clandestins de combats et de jeux d'argent, les foyers d'accueil dans lesquels régnaient la violence et la haine... Si je n'avais pas réussi à me sortir de tout ça, je sais que j'aurai pu mal tourner. Le sens de la justice et l'empathie que m'avaient inculqués les pièces de théâtre et la musique auraient fini par s'éteindre. La violence qui était en moi, le besoin de confrontation et de victoire, auraient eu raison de tout le reste, si je ne m'étais pas forcée à m'extirper de ces milieux malsains.

Pouvait-on reprocher à quelqu'un de devenir le produit de son environnement ? Si je m'en étais sortie, c'était parce que j'avais décidé d'avancer, de ne pas rester dans des milieux qui faisaient ressortir mon côté sombre. Mais Arès était un dieu. Où pouvait-il aller ? Comment pouvait-il échapper aux gens qu'il côtoyait ? Cela voulait dire quitter son royaume, son monde... C'était impossible !

Je repensai à son visage euphorique lorsque nous avions combattu l'hydre. Ses pouvoirs l'avaient privé de ce sentiment pendant des siècles. Et peut-être même d'autres sentiments ?

Il y avait certainement plus en lui, mais son environnement l'avait empêché de le découvrir.

Mais, en même temps, peut-être était-ce ce dont j'essayai de me convaincre parce que j'étais attirée par lui physiquement et que j'espérai de tout mon être qu'il ne soit pas un connard ?

Nous finîmes notre vin en silence. Je voulais poser des questions sur mes pouvoirs, sur le démon, et sur ce à quoi nous devions nous attendre lors des prochaines épreuves, mais je me sentais épuisée, et Arès aussi d'ailleurs. Certainement l'effet du vin... Décidant qu'il valait mieux attendre qu'il soit suffisamment en forme pour répondre à mes questions, je me levai et m'étirai.

— Je vais me coucher, annonçai-je.

Nous regardâmes tous deux le lit rococo contre le mur.

— Tu sais, quand tu parlais du moyen de se faire pardonner ? demandai-je.

Arès me regarda fixement.

— Oui ?

— Eh bien, pour que je te pardonne, tu pourrais me laisser le lit ?

Il me regarda en clignant des yeux.

— Et je dors où ?

Cet homme était clairement un idiot.

— Je ne sais pas et je m'en fous !

Arès me regarda d'un air renfrogné, mais ne discuta pas.

— Très bien. Je vais dormir sur le canapé.

— Voilà, très bonne idée !

Je refoulai la petite partie de moi qui voulait lui proposer de partager le lit qui, en réalité, était assez grand pour nous deux. Même s'il avait accepté – ce dont je doutais, de toute façon – c'était la pire des idées. J'espérai simplement que mon corps serait d'accord avec ma tête pour une fois !

Je dormis mal, réveillée régulièrement par des cauchemars dans lesquels je voyais de flammes et entendais des bruits d'épées. Chaque fois que je me réveillais, je regardais l'énorme forme d'Arès sur le sol, immobile. Le canapé était trop petit pour lui et, après moult grognements et jurons marmonnés, il avait fini par s'installer sur le tapis. La scène m'avait amusée et je m'étais couchée dans le lit confortable sans la moindre culpabilité, bien décidée à l'énerver autant que je le pouvais pour me venger.

Je savais d'où venaient mes cauchemars : le démon de Kères m'aurait battue si Arès n'était pas intervenu. Il aurait fini par voler mon âme ou me tuer. Je ne savais pas ce qui était le pire. J'avais rarement affronté des adversaires plus forts que moi – et jamais aussi forts que le démon. Savoir qu'il était là, quelque part, me rendait nerveuse.

Je repensai à Aphrodite et à ses pouvoirs sur moi. Elle pouvait me terrasser d'un simple regard... Même Arès, qui n'avait presque aucun pouvoir, avait réussi à me mettre à plat.

Il fallait à tout prix que je devienne plus forte. Je ne pouvais pas continuer à être la plus faible dans ce monde de merde où j'avais atterri. Sans pouvoirs, je ne survivrais pas.

～

— *Réveille-toi, belle au bois dormant !*

La voix de ma chatte filtra dans ma tête et je me redressai en sursaut.

— Zeeva !

Elle était assise au bout de mon lit, la queue soigneusement enroulée autour de son derrière. Je jetai un coup d'œil au tapis : Arès n'était plus là.

— *Il est dans la salle de bain.*

L'image d'Arès nu et sous la douche me fit rougir instantanément.

— Mais où étais-tu passée ? demandai-je à Zeeva en me frottant les yeux.

— *Arès et toi aviez besoin d'être seuls pour régler vos différends, répondit-elle froidement.*

Je haussai les sourcils.

— Tu parles !

En un clin d'œil, Zeeva grandit, tout son corps devenant bleu et ses yeux brillant d'une couleur ambre flamboyante. Un chat de la taille d'un lion me surplombait, et je dus lutter contre moi-même pour ne pas me réfugier sous les couvertures.

— *Ne t'avise plus jamais de me parler sur ce ton, Ényo !*

Sa voix résonna férocement dans ma tête, tout aussi intimidante que sa forme de gros chat.

— Okay, Okay, calme-toi ! tentai-je de la calmer en levant les mains. *Je suis désolée*, ça va comme ça ?

Lentement, elle reprit sa taille normale.

— *Je ne savais pas où les seigneurs de la Guerre t'avaient envoyée, mais j'ai senti tes pouvoirs quand tu es revenue, et je t'ai rejointe directement. J'ai écouté ta conversation avec Arès à propos du démon et du navire, et j'en ai fait part à Héra. Je suis là depuis un bout de temps, tu sais.*

— Oh..., dis-je. Eh bien... Euh... Merci. Mais si tu te caches de moi, tu ne peux pas me reprocher de penser que tu m'as abandonnée.

Malgré moi, mon ton était pleurnichard. Avant, je soupçonnais seulement que Zeeva ne m'aimait pas. Mais, depuis que je pouvais communiquer avec elle, j'en étais persuadée. Pire, je venais en plus de découvrir qu'elle pouvait me botter le cul si j'allais trop loin !

— *Je ne voulais pas interférer avec ta réconciliation avec Arès.*

— « Réconciliation » ? pouffai-je. Ce n'est pas vraiment le mot qui convient... Cet homme est un...

Elle m'interrompit avant que je ne puisse finir ma phrase.

— *Bella, grâce à toi, il est en train de comprendre...*

— Quoi ?

— *Contrairement à ce que tu crois, il a pris en considération tes paroles d'hier soir. Je crois que son manque de pouvoir a réveillé quelque chose en lui, et tu peux en profiter.*

Je levai la tête vers elle. Elle était en train de confirmer ce que j'avais espéré – que, peut-être, il pouvait changer. Mais...

— Qu'entends-tu par « profiter » ?

Zeeva remua la queue et planta ses yeux dans les miens.

— *Dis-moi exactement ce qui s'est passé sur le navire, dit-elle finalement.*

— Seulement si tu me donnes du café.

— *Dis-le-moi, répéta-t-elle.*

Je soupirai en levant les yeux au ciel et repoussai les couvertures. Obligée de céder, je lui racontai tout ce qu'il s'était passé pendant que je m'habillais, et elle me poussa à entrer dans les moindres détails. Me souvenir que j'avais été complètement inutile – que j'avais été si proche de Joshua mais que j'avais échoué à le sauver – me remit en colère.

— *C'est bien ce que je pensais : Arès t'a sauvé la vie.*

— Quoi ?! m'exclamai-je en me tournant vers elle.

— *Il t'a sauvée de ce navire. Et, pour cela, il a dû être aidé par Éris et lui donner quelque chose en échange. Sans lui, tu ne serais probablement pas ici...*

Les mots de Zeeva me terrassèrent. Comment avais-je pu ne pas comprendre que je devais ma vie au dieu de la Guerre ? Mais la colère que je ressentais fit disparaître mon sentiment de culpabilité naissant.

— Il m'a sauvée parce que je suis sa seule source de pouvoirs, c'est tout !

— *Je n'en suis pas si sûre.*

— Tu sais quelque chose que je ne sais pas ? lui demandai-je, en faisant un chignon sur le dessus de ma tête avec une bande de mon sac à dos.

— *Je sais beaucoup de choses que tu ne sais pas...*

Je lui adressai un sourire sarcastique.

— Ça, je sais... Mais je voulais dire à propos d'Arès.

— *J'ai des soupçons. Mais je ne peux rien te dire.*

— Comme d'habitude, merci pour rien ! marmonnai-je.

— *Tu finiras par me remercier.*

— Mouais... Je veux apprendre comment utiliser plus de pouvoirs, lui dis-je, en mettant mes mains sur mes hanches.

— Je comprends. Mais il y a une limite à ce que je peux t'enseigner. Je n'ai pas tes pouvoirs.

— Mes pouvoirs de guerre ?

Elle hocha sa tête de félin.

— Arès ne va pas m'aider.

— Peut-être que si...

— Je ne veux pas de son aide, de toute façon ! déclarai-je d'un air renfrogné.

— Ne fais pas l'enfant.

Excédée par ses leçons de morale, je soupirai, même si je savais désormais que je ne pouvais pas tout me permettre avec elle. Heureusement, elle n'eut pas le temps de répliquer car la porte de la salle de bain s'ouvrit à ce moment-là.

Arès entra dans la pièce, en armure complète, sans son casque. Il salua Zeeva d'un signe de tête.

— Je vois que tu es de retour. C'est bien... Maintenant que l'action est terminée ! dit-il avec sarcasme.

Malgré le fait que je pensais exactement comme lui, je pris la défense de l'animal.

— Ce que Zeeva fait ou ne fait pas ne te regarde pas, dis-je d'un ton hautain.

Puis je passai devant lui avec dédain et m'enfermai dans la salle de bain.

Lorsque je sortis, je fus surprise et ravie d'être accueillie par l'odeur du café.

— Zeeva m'a dit que tu aimais cette boue ? maugréa Arès en me tendant une grande tasse.

Je la lui pris, en inspirant profondément. J'avais senti qu'il avait utilisé mon pouvoir pendant que j'étais dans la salle de bain.

— Tu es allé chercher ça juste pour moi ? lui demandai-je avec un sourire.

— Oui.

— Merci, c'est gentil... Fais attention, je risque de m'habituer à ces petites attentions :-ajoutai-je avec un sourire ironique. Surtout si c'est du vin et du café...

Arès fit une grimace de dégoût en entendant le mot « café » et je ne pus m'empêcher de rire.

— Le café est rare à l'Olympe. Il est cher et assez mauvais, je dois dire.

— Le café est un carburant ! déclarai-je avec enthousiasme, en avalant ma première gorgée.

— Pas dans l'Olympe.

— Peut-être pas, mais dans mon monde, je t'assure que tout le monde en prend.

Arès ouvrit la bouche pour répondre, mais je n'entendis pas ce qu'il me dit. Un froid glacial s'installa à l'arrière de mon crâne, et ma vision devint noire. Je criai, lâchant le café et me tordant les mains de douleur.

— *La petite Bella a beaucoup de pouvoirs de guerre,* claironna une petite voix dans ma tête.

— Qui êtes-vous ? criai-je à haute voix, paniquée face à cette menace invisible.

Comment pouvais-je combattre quelque chose dans ma tête ? Me souvenant de ce que m'avait appris Zeeva, je tirai sur mon pouvoir, essayant de construire un mur autour de mon esprit. Mais rien ne se produisit.

— *Calme-toi, petite déesse. C'est moi, Panique, ton seigneur de la Guerre.*

Je pris une grande bouffée d'air. Le démon m'avait lui aussi appelée « petite déesse ». La peur m'envahit.

— Sors de ma tête, putain ! hurlai-je.

Soudain, un froid encore plus intense glissa le long de mon cou. C'était comme si une grande bande de glace s'enroulait autour de ma tête. Ma vision devint plus sombre, et des flammes vacillaient sur les bords.

— *Je voulais simplement te dire que l'annonce de l'épreuve aura lieu dans une demi-heure. Arès sait où vous devez aller, lui et toi.*

Puis, en un instant, le froid disparut et la pièce réapparut autour de moi tandis que ma vision redevenait normale. Arès me fixait, les lèvres serrées.

— C'était l'un des seigneurs, dit-il doucement.

— Oui, confirmai-je, tremblant comme une feuille. Mais ça n'avait rien à voir avec la voix de Zeeva. Pendant qu'il me parlait, tout est devenu sombre et je ressentais un froid immense.

Je touchais mes cheveux, m'attendant à ce qu'ils soient figés dans la glace. Heureusement, ce n'était pas le cas.

— Pourquoi n'ai-je pas pu le bloquer ?

Arès jeta un coup d'œil à Zeeva, maintenant assise sur le tapis à côté de lui.

— Tu es de plus en plus forte. Et tu partages tes pouvoirs avec les seigneurs de la Guerre. Tant que tu es dans mon royaume, tous ceux qui ont les pouvoirs de la Guerre pourront communiquer avec toi. Maintenant que tu as plus de pouvoirs, tu deviens visible pour eux.

— Attends... Quoi ? Comment ça je partage mes pouvoirs avec les seigneurs ? Tu as dit que nos pouvoirs étaient différents des leurs. Qu'eux avaient des pouvoirs spécifiques et merdiques.

J'essayai de ne pas laisser mon inquiétude transparaître, mais en vain. J'étais terrifiée à l'idée d'être liée d'une quelconque manière à ces trois pervers.

— Si devenir plus forte signifie devenir comme eux, alors je préfère rester comme je suis ! Je n'ai pas besoin de ça dans ma vie.

— J'ai dit que leurs pouvoirs ont été créés par le mien. Comme avec tous les demi-dieux et divinités de mon royaume. Tous ces pouvoirs sont différents mais nous lient les uns aux autres.

— Et je deviens visible pour chacun d'entre eux ? demandai-je d'une voix plus aiguë, de plus en plus paniquée.

Arès regarda brièvement le sol, avant de relever les yeux vers moi.

— Oui.

Je secouai lentement la tête.

— Génial... Donc je suis comme un phare en pleine mer, et ils peuvent s'immiscer dans ma tête, me geler et me rendre aveugle, quand ils veulent ? Non, non... Ça va trop loin. Je n'ai pas signé pour ça !

Je m'étais mise à faire les cent pas sans m'en rendre compte, secouant la tête avec ferveur.

— *Calme-toi, Bella. Tu peux apprendre à les bloquer.*

Zeeva avait dû projeter ces mots à Arès aussi, car il baissa les yeux vers elle.

— Oui. Le chat a raison. Tu peux apprendre à les bloquer ! Et ils ne viennent pas de moi... Ils ne sortent pas de mes reins.

— Qui a dit qu'ils sortaient de tes reins, putain ?!

Je savais que ma question était stupide, mais j'avais besoin de crier. Je détestais avoir l'impression d'être toujours à la traîne, de ne pas pouvoir me défendre seule, et d'être à la merci de connards plus forts que moi. Or, ici, tout le monde était plus fort que moi !

— Les reins sont..., commença Arès.

Mais je l'interrompis en le frappant violemment à la poitrine. Il ne bougea pas, mais il se tut.

— Je sais ce que sont les reins, imbécile ! Je veux juste savoir comment faire en sorte de ne plus être aussi faible !

— Tu n'es pas faible.

Arès prononça ces mots avec une telle simplicité que je me calmai aussitôt, décontenancée.

— Mais tout le monde a plus de pouvoir que moi... Ils peuvent entrer dans ma tête, me faire tourner en bourrique, me faire ressentir des choses, me voler mon âme ! Tout le monde dans ce putain de monde peut faire plus de choses que moi. Et je suis sûre qu'il y a encore plein de trucs que je ne soupçonne même pas et que je suis incapable de faire !

— *Faux. Tu peux faire tout ça, et plus encore. Tu n'en es même pas à la moitié de ta force. Seulement, tu ne sais pas encore comment l'utiliser.*

La voix posée de Zeeva était apaisante.

— Apprends-moi ! implorai-je.

Ma question s'adressait aussi bien à Arès qu'à Zeeva. Je me fichais de qui m'apprenait, je voulais juste apprendre.

Il y eut une longue pause.

— Je t'apprendrai à faire en sorte que personne ne puisse plus entrer dans ta tête pour t'agresser, dit finalement Zeeva.

Je lui adressai un sourire reconnaissant, puis je posai mon regard sur Arès.

— Et toi ? Est-ce que tu vas enfin m'apprendre à utiliser mes pouvoirs de Guerre ?

Il détourna le regard et hésita avant de répondre.

— Non.

La colère m'envahit et mon pouls s'accéléra.

— Mais pourquoi, putain ?

Quand ses yeux rencontrèrent les miens à nouveau, des flammes dansaient dans ses iris noirs.

— Tant que je suis à tes côtés, tu n'as pas besoin d'utiliser tes pouvoirs.

— Je ne suis pas ta marionnette, bordel ! grognai-je.

Des tambours retentirent au loin dans mon esprit.

— Et je ne suis pas complètement idiot ! Si tu apprends à utiliser tes pouvoirs, tu n'auras plus besoin de m'aider.

Les tambours battaient de plus en plus fort, de plus en plus près, et une odeur de fumée et d'herbe m'envahit.

— Le meilleur moyen pour moi de récupérer Joshua est de réussir ces épreuves. Alors, oui, je continuerai de t'aider.

— Comment puis-je te faire confiance ? Tu es déjà partie une fois.

Ses mots ricochèrent dans ma tête, et les tambours battirent plus vite dans mon esprit. Il y avait une émotion sur son visage que je ne reconnaissais pas, tandis que les flammes dans ses yeux s'élevaient. Se sentait-il trahi ? Était-il blessé que je l'aie quitté ?

L'Arès qui se voulait stoïque, sans émotion, et prêt à tout, ne pouvait pas avouer qu'il s'était senti abandonné lorsque je l'avais laissé seul face au sort que les seigneurs avaient prévu pour lui. Mais l'Arès que j'avais devant moi, avec du feu plein les yeux, était vulnérable. Je savais que les flammes dans ses yeux n'étaient pas de la colère. Je le connaissais maintenant suffisamment pour savoir qu'il s'agissait d'autre chose.

En tout cas, j'étais maintenant parfaitement sûre que je n'avais pas imaginé l'expression sur son visage la nuit précédente. Arès avait plus en lui que de la fierté et de la colère.

Mes yeux tombèrent sur ses lèvres, et une chaleur se répandit dans tout mon corps, libérant un nid de papillons dans mon ventre.

— Je ne te quitterai plus jamais, promis-je.

Les mots sortirent presque comme un murmure, et les tambours battaient maintenant si fort que je ne les entendis pas moi-même. J'étais prête à l'action. À quoi, exactement, je ne le savais pas, mais j'étais prête.

Arès fit un pas en arrière, et les tambours se calmèrent. Il fit un pas de plus, sa poitrine se soulevant sous son armure étincelante. Plus ses iris flamboyants s'éloignaient de moi, plus le son des tambours s'amenuisait. Je fus presque déçue de quitter la bulle dans laquelle nous étions et de revenir à la réalité. Car, alors que je venais de lui dire que je ne le quitterais plus jamais, je réalisai qu'il ne voulait pas de moi. Un sentiment de honte me submergea, et mes joues me brûlèrent.

— Je vais t'apprendre à te battre avec une épée.

Sa déclaration dissipa le malaise ambiant et je pris une profonde inspiration, enfouissant mon excitation et ma honte aussi profondément que possible, avec une détermination farouche. J'aurais préféré ne pas être devant lui, mais je ne voulais surtout pas qu'il comprenne à quel point il me troublait. Je décidai donc de gérer mes sentiments plus tard, seule.

— Une épée ? pouffai-je. En quoi est-ce que ça va m'aider à lutter contre les démons ou ces enculés de seigneurs de la Guerre qui rentrent dans ma tête ?

— S'il te plaît, arrête de jurer...

Il parla si doucement que je me calmai aussitôt, interloquée. Je soupirais, résignée.

— Je t'apprends à manier l'épée, ou rien. C'est à prendre ou à laisser.

J'émis un grognement de frustration, mais nous savions tous deux quelle allait être ma réponse.

— Bon... okay !

— Quel seigneur t'a parlé ? me demanda-t-il, changeant brusquement de sujet.

— Panique. Il m'a dit que l'annonce de l'épreuve aurait lieu dans une demi-heure et que tu savais où nous devions aller. Mais il doit nous rester plus que vingt minutes, maintenant...

Arès soupira.

— Ce sera dans sa salle du trône. Zeeva, tu as vingt minutes pour lui apprendre à protéger son esprit. Je vais faire un tour.

— Un tour ?

— Oui !

— Où ?

Il me jeta un regard sévère.

— Dehors ! grogna-t-il.

Il enfonça son casque sur sa tête et se dirigea vers la grande porte qui donnait sur une nature luxuriante, puis la claqua derrière lui.

— Zeeva, est-ce que toi aussi tu entends des tambours quand Arès se met en colère ? demandai-je en me tournant vers la chatte.

— Non, Bella. Je ne les entends pas.

SIX

BELLA

Il s'avéra qu'essayer de construire un mur autour de mon esprit comme Zeeva me l'avait appris auparavant était en fait la bonne chose à faire. Seulement, pour bloquer les personnes liées à mon pouvoir, il fallait un mur plus grand et plus efficace. Lorsqu'Arès revint de son « tour », je n'avais pas du tout le sentiment d'avoir eu le temps de m'entraîner suffisamment.

— Parle-moi de Dasos avant de partir, lui demandai-je quand il rentra.

Il ne me regarda pas, mais répondit tout de même à ma question.

— C'est un royaume fait d'une immense forêt. Il est rempli de pièges et de créatures désagréables. Une grande partie est à l'abandon, et les citoyens vivent dans des maisons fortifiées au milieu des arbres.

— Pourquoi vivent-ils dans ce royaume s'il est si hostile ?

— Panique donne un salaire mensuel à ses citoyens.

— Juste pour qu'ils vivent dans son royaume ?

— Oui. Chaque année, les foyers qui ont survécu le plus longtemps ont le droit à des prix.

— C'est vraiment bizarre... Mais bon, plus rien ne m'étonne, dis-je en haussant les épaules. Et combien de temps durent ceux qui résistent le plus longtemps ?

— Huit mois.

Je clignai des yeux. Je m'étais attendue à ce qu'il réponde en années.

— Huit mois ? Mais, alors... C'est vraiment dangereux ?

Arès me regarda enfin à travers la fente de son casque.

— Le sentiment de panique est une arme puissante. Il pousse les gens à prendre de très mauvaises décisions. Des décisions fatales.

L'avertissement était clair. Et mon âme de guerrière prit immédiatement le dessus.

— Okay. J'ai compris. Ne pas paniquer. Ne pas prendre de décisions stupides.

Pourtant, avec Arès, j'avais l'impression de ne faire que ça... Mais je me gardais de le lui dire.

La salle du trône de Panique semblait avoir connu des jours meilleurs. Bien meilleurs, même...

Tournant sur moi-même, je regardai les murs de pierre qui s'effritaient. Les ruines de châteaux que j'avais visitées dans le nord de l'Angleterre étaient très similaires à ce que j'avais sous les yeux. La pièce circulaire était immense, et le plafond si haut que je ne pouvais pas vraiment le voir correctement. Partout où je regardais, des vignes et des lianes recouvraient la pierre pâle et cassée, et il régnait une forte odeur d'humidité. La brise soufflait à travers les fissures des murs, et je me frottai les bras pour essayer de me réchauffer.

— Cet endroit est horrible, marmonnai-je en regardant les seuls meubles de la pièce : une grande chaise en pierre avec un plat en fer posé devant.

— N'est-ce pas ?

La voix de Panique résonna dans l'espace vide, et en un éclair, les trois seigneurs apparurent devant nous.

— Je ne l'utilise que pour les grandes occasions, me dit Panique en souriant. Mon autre château est bien plus beau. Si jamais tu souhaites visiter mes appartements privés, je me ferai un plaisir d'être ton guide...

Ses yeux s'assombrirent tandis qu'il me fixait avec un sourire lubrique, et je soutins son regard avec défiance.

— C'est gentil, mais... non !

— Dommage.

Terreur s'avança, ses pieds de marbre claquant sur le vieux sol en pierre.

— Comment t'en es-tu sortie avec ton démon ? me demanda-t-il, des motifs noirs tourbillonnant à la surface de son visage sans traits.

— Tu sais très bien comment je m'en suis sortie, crachai-je. Pourquoi vous êtes-vous alliés à elle ?

— Elle peut nous offrir quelque chose que notre chef, qui fut puissant en son temps, ne peut pas, répondit Terreur, avec un petit haussement d'épaules.

Je sentis la colère d'Arès dans mon ventre.

— Ce qui m'étonne, c'est qu'elle ait accepté de s'allier à vous, dit-il avec mépris.

— Nous avons quelque chose qu'elle désire, chanta Panique.

— Quoi ?

— Comme si on allait te le dire, sourit Tristesse.

— Nous ? demandai-je, faisant de mon mieux pour masquer mon inquiétude.

Terreur soupira d'un air supérieur tandis que les deux autres ricanèrent.

— Petite déesse, nous t'avons envoyée à elle sur un plateau. Si c'était vous deux qu'elle voulait, elle vous aurait déjà pris...

— Tu vas regretter ton manque de respect envers moi !

La voix d'Arès était basse et menaçante et, ressentant la tension dans mon estomac, je relâchai un peu mon emprise sur le cordon qui nous reliait. Je le regardai discrètement ; sa peau s'animait d'une lueur dorée et une puissante énergie s'échappait de son armure étincelante.

Je le quittai des yeux juste à temps pour voir Tristesse et Panique échanger un bref regard de doute.

— C'est un risque que nous avons choisi de prendre, dit doucement Terreur.

— Pas de risque, pas de récompense ! ajouta Panique avec un large sourire sur son beau visage.

— Vous feriez mieux de prier pour que votre risque soit payant car, si ce n'est pas le cas, la sentence sera à la hauteur de votre arrogance !

— On ne vit pas si on ne craint pas la mort, ronronna le seigneur.

Arès se raidit.

— Je peux t'assurer que tu seras heureux de mourir quand j'en aurai fini avec toi.

Au ton menaçant du dieu de la Guerre, tout le monde dans la pièce, à l'exception de Terreur, recula instinctivement. Même moi.

— Panique, devrions-nous procéder à l'annonce ? demanda Terreur pour changer de sujet, écartant complètement Arès.

Un grondement sourd se fit entendre, et la tension dans mon estomac s'intensifia. Sans hésiter, je relâchai mon emprise sur mes pouvoirs pour les laisser à Arès.

La pièce s'emplit du bruit de l'acier et de l'odeur âcre du sang. Arès grandit de six mètres de haut avant que je n'aie le temps de comprendre ce qu'il se passait. Il émanait de lui un pouvoir brut, libéré, qui dépassait de loin celui des seigneurs de la Guerre.

— Je participe à ces épreuves de mon plein gré. Vous ne me contrôlez pas ! Vous devez me vénérer !

Tandis que la voix d'Arès résonnait, partout des images de mort et de désolation apparaissaient. Je ne voyais rien d'autre que des champs de bataille de toutes les époques : des hommes en fourrure avec d'énormes épées qui tranchaient les têtes en rugissant, d'anciens guerriers en armure métallique mourant sous des pluies de flèches, des hommes en culotte courte et casque vert prier tandis que des obus tombaient du ciel avant que tout ne soit consumé par le feu.

Lorsque les visions de guerre s'estompèrent, les trois seigneurs étaient à genoux devant Arès. J'étais épuisée. Le vertige me faisait vaciller.

— *Concentre-toi sur ton puits de pouvoir*, me dit Zeeva, dans ma tête. *Calme-toi.*

Je cherchai le point d'énergie sous mes côtes et finis par le trouver. Il était minuscule et menaçait de s'éteindre complètement. Mais, à force de concentration, je parvins à lui redonner vie et je le sentis grandir et devenir de plus en plus chaud. Un sentiment de fierté m'envahit : Arès et Zeeva avaient raison, je devenais plus forte ! Peut-être allais-je bientôt pouvoir faire la même chose qu'Arès ?

Bien joué ! me complimentai-je.

Ma vision s'éclaircit. La force était revenue en moi.

— Panique, l'annonce, s'il te plaît !

La voix de Terreur avait perdu sa douceur soyeuse, et exprimait une colère à peine contenue.

Panique se dirigea vers son trône, évitant de regarder Arès, et le plat en fer s'anima, des flammes jaillissant en son centre, d'abord blanches, puis orange. Panique apparut au milieu.

— Bonjour, Olympe ! claironna-t-il, toute trace de son altercation avec le dieu de la Guerre ayant disparu. J'ai le plaisir d'accueillir la deuxième épreuve des Épreuves d'Arès. Cette fois, Arès et Bella vont devoir trouver l'arène de combat cachée au fin fond de Skotadi, la zone la plus dangereuse de mon royaume. Une fois qu'ils l'auront trouvée, ils devront vaincre un dragon, et arracher pas moins de trois écailles de son corps !

— Un dragon ?

J'étais bouche bée.

Personne n'avait parlé de dragons ! L'inquiétude m'envahit mais j'essayai de l'ignorer. Un dragon ne devait pas être très différent d'une hydre ? Nous l'avions vaincue et avions survécu. *Presque.*

— Avant le départ de nos héros, nous organiserons une cérémonie en grande pompe. Rendez-vous dans une heure !

Puis les flammes disparurent.

— Comment puis-je appeler Éris ? demandai-je en regardant mon t-shirt Guns N' Roses. Je ne peux quand même pas aller à la cérémonie dans cette tenue...

Nous étions de retour dans la minuscule maisonnette et

je me forçai à penser à des futilités pour chasser l'image du dragon que je n'avais pas encore vu mais qui me hantait déjà. L'armoire qui se trouvait dans la chambre était vide, et mes seuls vêtements de rechange étaient dans mon sac à dos.

— Je n'ai pas réussi à contacter ma sœur depuis notre retour.

Je regardai Arès, assis sur le canapé couleur pêche, avec inquiétude.

— Vraiment ? Et tu ne trouves pas ça étrange ?

— Non. Elle ne répond à personne.

Ça ne m'étonnait pas d'elle...

Je poussai un soupir.

— Une idée de ce que je devrais porter, Zeeva ?

Ma chatte leva les yeux vers moi, depuis le lit où elle somnolait, son corps lisse roulé en boule. Je résistai à l'envie d'aller la caresser. Je l'avais fait pendant des années mais, maintenant que je savais qui elle était vraiment, ce simple geste me paraissait bizarre.

— Je peux probablement emprunter une coiffe à ma maîtresse pour toi. Mais pour les vêtements, je ne peux rien faire...

— Bah... Ce sera toujours mieux que rien, répondis-je avec dépit.

En même temps, je ne m'étais pas attendue à ce qu'elle me propose quelque chose. Elle s'étira lentement, puis disparut dans une bouffée de lumière bleue.

— Je voudrais te remercier.

Je me tournai vers Arès en entendant ses mots, encore plus surprenants que ceux de Zeeva. Il n'avait plus son casque, ses cheveux flottaient sur ses épaules, et la façon dont il me regardait...

— Tu m'as volontairement permis d'utiliser tes

pouvoirs pour intimider les seigneurs. Cela signifie... beaucoup pour moi.

J'haussai maladroitement les épaules.

— Cela signifie beaucoup pour moi aussi. Je les hais. Ce sont vraiment des connards. Ils méritaient qu'on les fasse redescendre un peu...

— Ton énergie s'est-elle reconstituée ?

Je me concentrai sur moi-même, et sentis mon point d'énergie à bloc.

— Oui.

— Tant mieux. Ça veut dire que nous n'avons pas atteint ta limite, et que tu es en train de devenir plus forte.

— C'était donc une expérience réussie de partage du pouvoir ? demandai-je timidement.

— Exactement !

— Alors... Tu peux m'apprendre à mieux les utiliser ?

— Non.

Je jetai mon t-shirt par terre en signe d'agacement.

— Pourquoi ? Tu vois bien que je ne suis pas contre toi ! Montre-moi comment faire quelque chose d'utile ! Comment as-tu fait pour que toutes ces images de guerre apparaissent ?

— C'est naturel pour moi. Il me suffit d'invoquer le pouvoir de la guerre.

— Montre-moi.

— Non !

— Alors montre-moi au moins comment grandir...

— Non !

— Tu es vraiment un connard !

Arès se leva lentement, et le son d'un tambour résonna dans mon esprit. Je frissonnai, réalisant avec une certaine inquiétude que je commençais à apprécier ces moments. La douleur qui se répandait en moi, provoquant une sorte de doux désespoir, était loin d'être désagréable.

Puis, dans un éclair de lumière bleue, Zeeva réapparut, un diadème d'or étincelant posé devant elle.

Arès se rassit.

— Cela devrait suffire à donner l'impression que tu as fait un effort, dit dédaigneusement la chatte, avant de retourner s'allonger sur le lit.

— Merci, marmonnai-je en ramassant le diadème.

Il était magnifique, fait d'or fin et serti d'une rangée ondulée de minuscules rubis étincelants.

— J'espère qu'il ira avec un t-shirt noir ou kaki, car c'est tout ce que j'ai.

SEPT

Je ne pus m'empêcher d'admirer l'assurance de Bella lorsque nous arrivâmes dans la clairière de Panique. La mousse qui recouvrait le sol s'enfonçait sous ses bottes, tandis qu'un satyre nous apporta une coupe. Tous les invités la fixaient d'un air dédaigneux, étonnés par sa tenue décontractée – très « humaine ».

Mais, en réalité, elle n'avait pas besoin de robe pour être belle. Le diadème en or que Zeeva lui avait procuré brillait sur ses cheveux tressés lorsqu'elle renversa la tête en arrière pour prendre une longue gorgée de sa boisson, et son t-shirt épousait sa poitrine tendue. Une douleur que je savais tout à fait inappropriée me tiraillait.

Elle m'avait quitté. Elle avait traversé ce portail en sachant que je ne pourrais pas remporter les Épreuves et gagner le Trident sans elle. En même temps, je l'avais mérité. J'avais délibérément essayé de prendre tout son pouvoir, sachant à quel point elle me détesterait pour ça. D'ailleurs, je crois même que je l'avais fait exprès pour qu'elle me déteste. Mais au lieu de rompre ce lien dévorant entre nous, cela n'avait fait que renforcer mes sentiments pour elle.

Ce qui nous reliait était plus profond qu'une simple attirance physique. Son enthousiasme était contagieux et j'avais maintenant envie – besoin – de la voir sourire. Comment une personne pouvait-elle prendre autant de plaisir à découvrir le monde qui l'entourait, alors qu'elle avait été traitée si injustement ? Ma culpabilité était immense.

Même ses questions interminables ne m'agaçaient plus. J'avais même du respect pour sa ténacité. Elle voulait à tout prix apprendre à devenir plus forte, et cela résonnait en moi. Je savais qu'elle n'abandonnerait pas, tout comme je ne l'aurais pas fait, à sa place.

Je la regardai saluer avec bienveillance, puis se diriger vers le centaure blanc dont elle était devenue si proche. Tôt ou tard, bientôt, je devrais lui en apprendre à utiliser davantage de ses pouvoirs. Elle était en train de devenir plus forte et, elle avait raison : elle serait beaucoup plus utile pour remporter les épreuves si elle savait utiliser sa force correctement.

Mais, si elle décidait qu'elle n'avait plus besoin de moi ? Pire : si elle découvrait qui elle était vraiment et ce que j'avais fait ?

L'idée qu'elle parte à nouveau me noua l'estomac. La simple idée de me retrouver à nouveau sans pouvoirs me donnait la nausée. Mais je savais au fond de moi que ce n'était pas cela qui me terrifiait le plus : en réalité, je ne voulais pas la perdre.

J'essayai de me concentrer sur autre chose. Quelque chose qui n'était pas *elle*.

Je me dirigeai vers Hermès et Poséidon qui discutaient à

voix basse. La clairière était grande et complètement recouverte d'un épais feuillage. De minuscules lampions brillaient parmi les branchages, donnant à l'endroit un air calme et joyeux. D'ailleurs, je ne voyais pas les seigneurs de la Guerre, comme cette atmosphère détendue les mettait mal à l'aise.

— Arès ! me salua Hermès alors que je m'approchai.

Il portait des vêtements traditionnels anciens, sa toge unie contrastant avec ses sandales ailées scintillantes.

Je lui répondis par un signe de tête.

— Des nouvelles de Zeus ? demandai-je à Poséidon.

— Je crains que ton père soit aussi fort qu'il l'a toujours été. Impossible de le trouver.

— As-tu une idée de ce qu'il compte faire ?

— Il y a de l'agitation dans le monde des mortels, et mes inquiétudes pour Héra grandissent. Mais le Monde souterrain est sécurisé maintenant, et il n'a approché aucun des autres Olympiens.

Comme s'ils allaient te dire quoi que ce soit, pensai-je.

Poséidon n'était pas notre souverain. Mais je lui parlai néanmoins poliment.

— Hadès est-il ici ? J'ai de nouvelles informations qui pourraient vous intéresser tous les deux.

Après qu'Hadès nous eut rejoints et qu'Hermès fut parti, je racontai aux deux frères ce que j'avais appris sur le démon de Kères, et leur confiai mes soupçons sur le fait que Zeus utilisait les pouvoirs des gardiens pour se cacher. Quand j'eus fini, une fureur froide s'échappait d'Hadès dans de longues volutes de fumée.

— Je vais créer un nouveau niveau dans le Tartare pour enfermer ce démon, quand je l'aurai capturé, siffla-t-il. Et j'y mettrai aussi notre frère...

Poséidon me regarda avec reconnaissance.

— Nous apprécions que tu nous dises cela.

J'inclinai la tête.

— Je souhaite vous aider.

— Et retrouver tes pouvoirs, sans doute...

Poséidon ne me faisait pas confiance, et je ne pouvais pas le blâmer.

— En effet. Mais je veux les retrouver en réussissant la mission qu'Océanos m'a confiée. Je vous laisse le soin de retrouver mon père.

Je partis avant qu'ils ne puissent me demander autre chose. La façon dont ils allaient réagir à mes informations ne m'intéressait pas. Je pensais réellement ce que je leur avais dit : toute mon attention était concentrée sur ces satanées épreuves. De toute façon, je ne croyais pas un seul instant qu'ils puissent arrêter Zeus. Il n'y avait pas de dieu plus puissant au monde, et je devais me concentrer sur le fait de retrouver ma force avant que mon père ne fasse ce qu'il avait prévu – quoi que ce soit. Je ne voulais pas – *je ne pouvais pas* – être sans mes pouvoirs lorsque cela arriverait.

J'errai dans la clairière, parlant à tous ceux que je croisais, me forçant à arborer confiance et fierté. Je ne voulais laisser personne penser que les seigneurs m'intimidaient. Si je me comportais comme si j'avais provoqué les épreuves moi-même, ou du moins comme si j'en profitais, les seigneurs perdaient l'avantage.

Je tirai très doucement sur le pouvoir de Bella, et sentis qu'elle répondait. Une chaude rivière de force coula en moi, et je l'utilisais juste assez pour me donner un sentiment de présence divine. Juste assez pour que les autres dieux le ressentent.

— Eh bien ! Tu as l'air joyeux !

La voix d'Aphrodite, douce comme du miel, m'envahit. Je sentis mon estomac se nouer, alors que le désir de la rendre heureuse m'envahit. Mais je tirai plus de puissance de Bella, et le sentiment s'atténua. Je me tournai vers elle et Aphrodite me regarda en arquant un sourcil.

— Elle devient plus forte, dit Aphrodite.

Elle avait beau sourire, son regard trahissait sa colère.

Sa peau était de la couleur de l'onyx, ses grands yeux étaient d'un noir de jais, et ses lèvres étaient aussi rouges que sa robe flottante et transparente. Elle ressemblait à une peinture. Une véritable œuvre d'art. Elle me coupait le souffle.

— Tu es magnifique, dis-je, de manière trop formelle.

— Merci..., répondit-elle machinalement, incapable de dissimuler son agacement. Elle t'a ridiculisé lors du dernier combat. Je pensais te trouver plus en colère que ça... Tu es devenu un loup sans crocs et sans griffes ! lâcha-t-elle avec mépris.

La colère m'envahit. Mais, alors que j'ouvrai la bouche pour me défendre, une pensée s'insinua dans mon esprit, comme une petite voix dont j'étais sûr qu'elle m'appartenait, mais qui m'avait quitté depuis très longtemps.

Elle ne t'aime pas.

C'était la partie de moi qui avait toujours su qu'Aphrodite ne m'aimait pas, mais que j'avais refusé de croire, entièrement sous l'emprise de son pouvoir. C'était la petite voix à l'intérieur de moi que des siècles de frustration, de platitude, d'espoir brisé, avaient fait taire. Et cette petite voix avait alors été remplacée par une autre, plus forte, qui m'avait plongé dans un cycle infernal. Tout ce temps, je l'avais passé à essayer de repousser mes limites, à rechercher ce frisson que je ne trouvais plus, à retrouver le destin que je savais être le mien : l'adrénaline, la vibration, l'exaltation – en vain. Car je m'étais convaincu qu'Aphrodite était la clé de ce sentiment que je désirais tant. Alors que, en réalité, elle ne l'était pas. Son amour était factice, petit, médiocre. Aphrodite ne voulait pas me rendre meilleur, ou plus fort. Mais Bella...

Soudain, tout me parut évident.

Je préférais de loin le plaisir de combattre l'hydre avec Bella à une nuit dans le lit d'Aphrodite. Bella me rendait meilleur. Elle se délectait de l'instant présent, de l'adrénaline, de la gloire de la victoire. Quand elle était forte, j'étais fort. Et elle voulait que les gens autour d'elle soient forts ; elle n'était ni cruelle ni avide.

Mes pensées devaient se lire dans mes yeux, car le visage d'Aphrodite changea devant moi, et sa colère me ramena à la réalité.

— Arès, tu oublies qui je suis ! siffla-t-elle, une noirceur remplissant ses yeux.

La colère d'Aphrodite était connue pour être la plus dévastatrice de toute l'Olympe, et un sentiment de malaise me traversa. Si Aphrodite avait le moindre soupçon sur mes sentiments pour Bella, cela risquait d'être terrible. Pas pour moi, mais pour Bella...

— Je ne comprends pas ce que tu veux dire, mentis-je.

J'essayais d'avoir l'air amoureux, mais je n'étais pas particulièrement doué pour cela et je priai pour y parvenir...

— J'ai le pouvoir de l'amour, murmura-t-elle. Je sais quand deux personnes sont attirées l'une par l'autre, déclara-t-elle les lèvres pincées.

Mon cœur se mit à battre plus fort tandis que je me concentrai pour essayer de savoir ce que j'aurais dit avant de perdre mes pouvoirs, avant que ces émotions infernales ne commencent à obscurcir mes pensées.

— Bella est jeune, et surtout mortelle. Je crois qu'elle

est tombée amoureuse de moi, déclarai-je en feignant de me moquer.

— Et toi, mon prince guerrier ? Tu es amoureux d'elle ?

Le ton d'Aphrodite avait encore changé. Il était maintenant bas et rauque, et mes yeux furent inexorablement attirés par sa bouche sensuelle, mon corps réagissant instinctivement.

— Je ne tombe pas amoureux de n'importe qui...

— Prouve-le. Prouve ton amour pour moi ! Si tu veux à nouveau poser tes mains sur mon corps, je t'interdis de la toucher !

Avant que je puisse parler, j'entendis la voix de Bella qui s'approcha de nous depuis l'autre extrémité de la clairière.

— Aphrodite ? J'aurais aimé te parler, si tu as un moment.

La fureur traversa les yeux d'Aphrodite, mais elle la fit disparaître et se tourna vers Bella d'un air affable.

— C'est un choix de tenue inhabituel, lança-t-elle. Mais au moins tu ne fais pas semblant d'être ce que tu n'es pas.

Clairement, elle se moquait d'elle et j'eus envie d'intervenir. Mais je m'en empêchai.

— Je te remercie, répondit Bella avec aplomb. Écoute, je voulais simplement te dire que je n'ai aucune intention de te marcher sur tes plates-bandes. Je me fiche totalement de ton trou du cul de petit ami. Une fois que j'aurai réussi ces épreuves et sauvé mon ami, tu ne me reverras plus.

Bella se tourna vers moi tandis que j'accusai la douleur que ses mots provoquèrent en moi. Le pire n'était pas qu'elle m'ait appelé « trou du cul », mais qu'elle avait raison : une fois les épreuves terminées et ses pouvoirs entièrement recouvrés, il nous serait impossible de nous revoir. Mais elle ne le savait pas.

Elle préférait me dire qu'elle partirait une fois que tout serait terminé.

— Ma petite fille…, répondit Aphrodite d'un air condescendant. Tu n'es pas suffisamment importante pour que je me préoccupe de ce que tu envisages de faire.

Puis elle lui tourna le dos et se tourna à nouveau vers moi. Bizarrement, alors que je m'étais attendu à de la colère ou de l'arrogance de sa part, elle sembla inquiète. Mais cela ne dura qu'une seconde et elle reprit très vite son air victorieux et arrogant.

— Viens, Arès. Allons parler avec nos semblables, veux-tu ?

Elle me prit par le coude et me conduisit vers Dionysos et Apollon, à l'autre bout de la clairière.

Je la laissai m'emmener, et il me fallut toutes mes forces pour ne pas me retourner vers Bella.

HUIT

J'avais été stupide d'interrompre leur conversation. Cela n'avait servi qu'à me ridiculiser. Mais je n'avais pas pu m'en empêcher. Une poussée de jalousie totalement irrationnelle m'avait prise en découvrant le regard attendri d'Arès devant cette sorcière qui minaudait devant lui. Je m'étais alors approchée d'eux sans même savoir ce que j'allais dire. J'aurais mieux fait de me taire...

Dépitée, je le regardai la suivre comme un chiot en laisse.

Je serrai les dents. J'allais vite devoir trouver un moyen de ne plus penser à lui. Je devais à tout prix cesser de ressentir ce désir ridicule ! Mais la tâche s'annonçait difficile : quoi qu'il fasse, il m'attirait de plus en plus.

Je regardai autour moi, essayant de trouver quelque chose ou quelqu'un pour me distraire. Nestor, le centaure guerrier et de loin la créature la plus cool que j'avais rencontrée dans l'Olympe jusqu'à présent, était occupé. Je le soupçonnai même d'avoir rejoint un groupe pour échapper à mes questions constantes sur ses techniques de combat.

— Tu as l'air de t'ennuyer, ma chérie...

La voix de la déesse du Chaos résonna dans ma tête.

— Je suis censée être capable de bloquer les gens maintenant ! m'exclamai-je à haute voix.

— Je suis une déesse, tu te souviens ? Il faudrait que tu sois dix fois plus forte pour me bloquer.

— Où es-tu ?

— Dans le coin.

— Pourquoi n'es-tu pas là en personne ?

— Je crois que j'ai contrarié un peu trop de gens.

— Je ne sais pas pourquoi, mais ça ne me surprend pas ! dis-je en riant. C'est dommage, car j'aurais volontiers accepté ton aide en matière de mode... J'ai l'air ridicule !

— Pas du tout. J'adore ton look. Et puis la prochaine épreuve va bientôt commencer ; une robe t'aurait plus handicapée qu'autre chose...

— Quoi ? Comment tu le sais ?

"Chérie, je sais beaucoup de choses. Des choses qui t'intéresseraient beaucoup, d'ailleurs...

Mon cœur se mit à battre plus fort.

— Des choses sur moi ?

— Hum. Et sur mon petit frère...

— Que veux-tu de moi en échange ?

— Je réfléchis et te dirai. En attendant, bonne chance !

— Attends !

Mais elle était déjà partie. Je tapai du pied, sans me soucier du regard des autres qui me regardaient d'un air étonnés et moqueurs.

Tout le monde en savait plus que moi, même sur moi ! C'était exaspérant. J'avais l'impression d'être un pion dans un jeu. Et je perdais patience.

— Bonsoir !

Panique apparut au milieu de la clairière, dans un

flash de lumière rouge vif. Aussitôt, le silence s'abattit, tandis que Panique s'inclinait devant les Olympiens. Puis il me fit un signe de tête.

— Arès, Bella, si vous voulez bien... Il est temps de commencer votre épreuve !

Donc Éris n'avait pas menti. L'épreuve commençait vraiment maintenant. Mettant la main sur mon couteau dans ma poche pour me rassurer, je fis un pas en avant en direction du seigneur de la Guerre. Arès se plaça à côté de moi.

— Vous devez trouver l'arène de combat et le dragon, auquel vous devrez prendre trois écailles. Attention, vous n'avez pas le droit de vous téléporter ! Amusez-vous bien...

Il nous fit un clin d'œil, et nous fûmes projetés hors de la clairière.

La forêt sentait mauvais. Vraiment mauvais.

— Qu'est-ce que... commençai-je avant de me couvrir la bouche et le nez avec ma main.

L'air était lourd et humide, et il y avait tellement de feuillage au-dessus de nous qu'on avait presque l'impression qu'il faisait nuit.

Les arbres étaient énormes, aussi grands que des séquoias. Mais leurs branches partaient beaucoup plus bas, à quelques mètres du sol, et leurs feuilles étaient d'une couleur étrange, comme si elles n'avaient plus aucun éclat. Je tournai lentement sur moi-même. Un cri rauque retentit quelque part au loin, et les feuilles autour de nous bruissaient, révélant la présence de créatures qu'on ne voyait pas mais qui me terrifiaient déjà.

Il n'y avait pas de chemin, ni de clairière, ni aucune

indication de la direction à prendre. Je regardai Arès d'un air désespéré. Au milieu de ce décor, il avait l'air grotesque dans son armure dorée.

— L'odeur est celle de la végétation pourrie et des animaux morts, je crois.

Je fis la grimace.

— C'est dégueulasse...

— Utilise ton pouvoir de guérison. Crée un voile fin sur ton odorat.

— Je peux faire ça ?

— Oui.

J'essayai de faire ce qu'il m'avait dit et, à ma grande joie, l'odeur qui me retournait l'estomac diminua.

— Merci.

Il ignora mes remerciements, et je sentis une traction dans mon ventre.

— Qu'est-ce que tu fais ?

— Je cherche un dragon !

— Super idée ! répondis-je avec sarcasme.

Je sortis mon couteau de ma poche alors qu'il restait anormalement immobile.

— Il est temps de jouer, Ischyros, chuchotai-je.

Avec une délicieuse impulsion de chaleur, la lame se transforma dans ma main, et devint une épée majestueuse.

— Il y a des créatures mortelles partout dans cette forêt. Toutes veulent nous tuer. C'est tout ce que je sais. Quant au dragon, je ne sais pas où il est...

Je frissonnai.

— Tu peux sentir qu'elles veulent nous tuer ? demandai-je, terrorisée.

— Oui.

— Montre-moi comment !

— Non.

Je fis tourner ma lame dans ma main, en prenant une profonde inspiration pour me forcer à rester calme. Ce n'était pas le moment de faire une scène.

— Bon... On commence par où ? Si on pouvait éviter tout ce qui veut nous tuer, je t'avoue que ça m'arrangerait ! ironisai-je.

En vérité, j'étais prête à me battre. Aphrodite avait aiguisé mon agressivité et je sentais une énergie nouvelle courir dans mes veines.

— Je pense que le danger le plus fort est par là.

Il désigna un arbre semblable à tous les autres, puis se dirigea vers lui. Dégainant son épée, il tailla dans les branches basses, jusqu'à former un trou suffisamment large pour nous permettre de passer à travers.

— Vers le danger le plus fort... pas de problème ! marmonnai-je en le suivant.

Couper des branches n'était pas tout à fait à la hauteur d'Ischyros, mais il fit du bon travail. La chaleur étouffante de la forêt devint oppressante, et la pénombre de plus en plus angoissante. Toutes sortes de bruits étranges retentissaient autour de nous tandis que nous nous frayions un chemin dans le sous-bois dense, les épines pointues s'accrochant à mes vêtements.

— Panique est vraiment un connard ! il aurait pu nous faire partir le lendemain de la cérémonie, pestai-je. Je n'ai pas mon armure, ni mon sac à dos. Et si je déchire ce t-shirt, je te jure que je lui ferai payer.

— Y a-t-il quelqu'un qui n'est pas un « connard » à tes yeux ? marmonna Arès devant moi.

Je réfléchis un moment.

— Pas beaucoup de gens, non.

Le silence s'installa entre nous avant qu'Arès reprenne la parole.

— Tu as dit que tu partirais une fois que tu aurais retrouvé ton ami. Que comptes-tu faire ?

Sa question me surprit, mais elle me procura également un sentiment de plaisir irrationnel. Donc je ne lui étais pas indifférente...

— Bah... Je ne sais pas vraiment.

— Tu vas rester avec lui ?

Sa voix était sèche et tranchante.

— Joshua ?

— Oui.

— Je ne sais pas.

Ce qui était vrai : je ne le savais vraiment pas.

— Tout ce que je sais, c'est qu'il est hors de question que je retourne à Londres. Ou dans le monde des mortels.

— Tu veux rester dans l'Olympe ?

— Évidemment ! J'ai passé toute ma vie à me sentir à part, à savoir que je n'étais pas à ma place. Jamais je ne me suis sentie aussi bien qu'ici. Enfin un monde où il est impossible de s'ennuyer... C'est comme si ce dont j'avais toujours rêvé était devenu réalité !

Arès ralentit et se tourna pour me regarder par-dessus son épaule. Ses yeux brillaient d'une lueur étrange, et j'aurais aimé voir le reste de son visage.

— Quoi ? lui demandai-je.

Il se détourna.

— Dis-moi ! Qu'est-ce qu'il y a ? insistai-je.

Je sentais qu'il était mal à l'aise.

— Tais-toi. J'entends quelque chose.

— Arrête tes conneries ! Je sais très bien que tu ne veux juste pas...

— Bella, tais-toi !

Il se crispa, brandissant son épée et tendant l'oreille. L'adrénaline afflua immédiatement dans mes veines lorsque je compris qu'il était sérieux.

Je me concentrai à mon tour, essayant d'entendre quelque chose. Je sentis une petite bouffée de chaleur jaillir du point d'énergie sous mes côtes, et ce fut soudain comme si mes sens étaient multipliés par cent. Chaque craquement de brindille, la respiration lente d'Arès, même la brise à peine audible – tout résonnait dans mes oreilles avec une précision incroyable. Les couleurs qui, plus tôt, m'avaient paru fades devinrent tout à coup éclatantes, et je voyais sur chaque feuille, chaque branche, chaque tronc, les minuscules insectes aux couleurs vives qui m'avaient jusque-là échappé. Malheureusement, l'odeur de pourriture fut également décuplée. Mais c'était le prix à payer.

Avant que je puisse dire à Arès à quel point cette nouvelle expérience était géniale, un fort bourdonnement parvint à mes oreilles. Je me tournai avec prudence dans la direction du bruit.

— C'est quoi ce truc ? chuchotai-je.

Le bourdonnement était de plus en plus fort.

— Si c'est un essaim d'oxydes, il va falloir agir vite. Maintenant !

Il y avait une pointe d'inquiétude inhabituelle dans sa voix, et je plantai mes yeux dans les siens.

— Bella, je te préviens, ça ne va pas être facile. Si elles te piquent, tu n'auras que trois secondes pour te soigner. Après, il sera trop tard.

Il saisit mon bras, et un frisson parcourut ma peau.

— Je vais t'apprendre à créer un bouclier.

— Okay, dis-je, le souffle court.

— Puise dans ton pouvoir et imagine un bouclier. Un

vrai bouclier, que tu serais prête à utiliser au combat. Si tu n'es pas convaincue que ce que tu as imaginé pourrait te défendre dans un vrai combat, alors ça ne fonctionnera pas.

— Compris, dis-je, essayant d'imaginer un bouclier.

Avec une secousse qui me sembla presque réelle, l'image d'un énorme disque métallique circulaire surgit dans ma tête. Deux chevaux cambrés étaient gravés en son centre, avec des lances et des javelots volant derrière eux. On aurait dit un bouclier celtique ou viking.

Il était impossible que j'aie inventé ce bouclier. Je savais qu'il était réel.

Mais je n'eus pas le temps d'en parler à Arès.

Le bourdonnement tripla soudain de volume et Arès s'accroupit, le panache de son casque basculant en arrière tandis qu'il levait les yeux. Je l'imitai, gardant l'image du bouclier bien ancrée dans mon esprit, tandis que ma vision devint rouge.

Le bourdonnement était maintenant si fort que je n'entendais rien d'autre, même pas mon pouls qui battait dans mes oreilles. Pourtant, je ne voyais rien dans les arbres au-dessus de nous.

— Où sont-ils ? criai-je à Arès.

— C'est la forêt de Panique : ses créatures vont aimer provoquer la panique avant d'attaquer.

Je l'entendais à peine mais suffisamment pour comprendre ce qu'il venait de dire, et je pris une profonde inspiration. La technique de Panique fonctionnait : plus nous attendions l'apparition de la menace, plus mon imagination s'emballait. C'était intenable et j'avais hâte de voir contre quoi nous allions devoir nous défendre.

NEUF

BELLA

Quelque chose de petit, de brillant et d'incroyablement rapide jaillit des arbres et s'élança sur moi.

Je sentis une légère résistance alors que la chose s'écrasa contre une barrière invisible à environ trente centimètres au-dessus de moi, puis s'envola à nouveau dans l'arbre. Mon pouls s'accéléra et tout ce qui m'entourait commença à ralentir alors que ma vision guerrière se mettait en marche. Je sentis Arès tirer sur ma force, et je lâchai un peu, lui permettant de la prendre. Le prochain oxyde qui se dirigeait vers nous se déplaçait tout aussi rapidement que le premier, mais mon pouvoir me permit de me concentrer suffisamment sur lui pour le voir correctement.

C'était comme une guêpe qui serait passée entre les mains de Frankenstein. Grande comme le poing d'Arès, son corps semblait avoir été cousu à partir de différents morceaux de cuir brillant. Un dard violet lumineux sortait de son arrière-train, et ses ailes noires poilues battaient fort et vite. Je ne distinguais pas ses yeux, mais elle avait de multiples pattes velues qui pendaient sous son corps en forme de tube.

Comme la première, elle s'écrasa contre un mur invisible dressé autour d'Arès, puis s'envola.

Le bourdonnement s'arrêta, avant de reprendre de plus belle. Cette fois, c'était vraiment impressionnant. Terrifiée, je sentis mon estomac se nouer tandis qu'un essaim entier surgissait des arbres. Les insectes n'étaient pas seulement *autour* de nous ; ils étaient aussi au-*dessus*, nous plongeant dans une obscurité totale. Je me préparai à l'affrontement. Mais, malgré cela, le choc fut si puissant que je m'enfonçai dans le sol lorsque l'essaim percuta mon bouclier invisible. J'étais protégée, mais je ne pouvais m'empêcher de paniquer en les voyant partout autour de moi ; je me sentais prise au piège. Accroupie, j'agitai inutilement Ischyros dans leur direction, respirant profondément pour apaiser mon besoin d'air et de lumière.

Soudain, une étrange sensation d'urgence m'envahit et je sentis la présence d'Arès dans mon esprit. À la seconde où je l'imaginai, sa voix résonna dans ma tête.

— Je vais créer une boule de feu. Et j'ai besoin de puiser dans tes pouvoirs pour cela.

Il ne me demandait pas exactement la permission d'utiliser mes pouvoirs, mais il me prévenait à l'avance, ce qui était déjà un progrès considérable en soi.

— Okay !

Je sentis un violent tiraillement dans mon ventre, mais je me laissai faire. Le bourdonnement s'était transformé en une affreuse cacophonie. Je crus que ça ne finirait jamais lorsque, tout à coup, l'obscurité disparut, laissant place à un brasier orange et écarlate autour de mon bouclier en forme de dôme. Les oxydes se dispersèrent, le son terrible de leur bourdonnement s'estompant rapidement.

Avec prudence, je me levai alors que les flammes s'éteignaient. La sensation d'être proche de la chaleur sans pouvoir la sentir était étrange.

— Le sol et le feuillage sont trop humides pour qu'on puisse les attraper, dit Arès en se levant à côté de moi.

Le feu léchait une barrière invisible autour de lui aussi.

Quelques oxydes s'approchèrent de nous, mais elles battirent rapidement en retraite à l'approche des flammes.

— Elles vont continuer à venir, me prévint Arès. Dans quelques heures, elles auront oublié qu'il y a du feu autour de nous et recommenceront.

— Ce bouclier est génial ! m'exclamai-je en tendant la main pour le toucher.

— C'est un pouvoir très utile. La piqûre des oxydes est mortelle.

— Donc si elles nous piquent, on n'a que trois secondes avant de mourir ?

— Non. Leur piqûre fait pire que ça. Elle te rendra folle pour toujours. Tu deviendras la coquille d'un être enragé.

Je fus instantanément beaucoup plus effrayée par les oxydes que je ne l'avais été trente secondes auparavant.

— Putain ! Mais pourquoi tu ne me l'as pas dit avant ?

— Je ne voulais pas que tu paniques, me répondit Arès en haussant les épaules.

— Super !

— En parlant de mourir, ton pouvoir me semble assez fort maintenant ; j'ai l'impression que tu es en train de devenir immortelle.

— Attends, quoi ?

— Bon, c'est peut-être encore trop tôt pour le tester, mais je crois qu'il faudrait quelque chose d'extrêmement rare ou fort pour te tuer maintenant.

— Mais je pensais que les demi-dieux n'étaient pas immortels ? demandai-je, les yeux écarquillés et le cœur tambourinant. Tu m'as dit que seuls les vrais dieux l'étaient ?

Arès me regarda fixement, alors que les flammes autour de nous étaient en train de mourir et que le bourdonnement avait pratiquement disparu.

— Tu n'es pas une demi-déesse.

— Alors qu'est-ce que je suis, bordel ?

— Je te l'ai dit. Tu es la déesse de la Guerre. On devrait baisser nos boucliers et économiser notre énergie.

Je me gardai de lui préciser qu'à la seconde même où il m'avait dit que j'étais immortelle, j'avais complètement oublié mon bouclier.

— Immortelle, genre... Genre- je ne peux pas mourir ?

— C'est la définition de l'immortalité, oui.

— Pu-tain !

J'étais incapable de dire quoi que ce soit d'autre. J'avais déjà suffisamment de mal à réaliser ce que cela voulait dire. Alors que j'étais en proie avec mes questions et mes peurs relatives à mon nouveau statut, Arès se remit en route et à couper les branches avec son épée.

— Attends ! Tu ne peux pas me lâcher une bombe pareille et continuer comme si tout était normal !

— Mais *c'est* normal...

— Non mais, putain ! Tu rends compte du choc pour moi ? J'ai toujours cru que j'étais mortelle, je te signale ! Et qui d'autre dans l'Olympe est immortel ? Est-ce que ça veut dire que si je tombe amoureuse de quelqu'un qui est mortel, je devrai le regarder mourir, comme dans le film

Hercule de Disney ? Et si je deviens comme toi et que je perds le plaisir de me battre ?

Les questions fusaient et je les posais les unes à la suite des autres, réalisant avec étonnement que j'étais en réalité inquiète.

Pourtant, ce devait être une bonne chose d'être immortelle ?

Mais quelque chose me perturbait. Quel intérêt allais-je trouver aux choses en sachant que tout serait toujours là pour l'éternité ? Comment vivre l'instant présent, si l'instant était éternel ?

Non. Je ne voulais pas être immortelle !

— Nous devons trouver ce dragon. Continue à avancer !

Je fis ce qu'Arès m'ordonna, mais seulement parce que j'étais trop distraite pour protester. Je marchai dans son sillage, suivant le chemin qu'il traçait tandis que j'essayais de me faire à l'idée que je n'allais jamais mourir.

Mais je n'y arrivais pas. C'était juste trop... Trop impossible !

— Je ne pense pas que je puisse faire face à ça, finis-je par dire à Arès.

— Faire face à quoi ?

— À l'immortalité. C'est stupide.

— Je t'ai dit que tu avais le pouvoir d'une déesse et que tu devenais plus forte. Comment se fait-il que tu n'y penses que maintenant ?

— Au cas où tu ne l'aurais pas remarqué, ces derniers jours ont été plutôt agités pour moi, grand dadais !

Alors que je m'étais concentrée sur le fait de récupérer mes pouvoirs, je n'avais pas réalisé que ne pas mourir faisait partie du package.

— L'immortalité est la chose la plus convoitée de toute

l'Olympe, dit-il en coupant un amas de branche avec un grand coup d'épée.

— Eh bien, moi, je n'en veux pas. On apprécie les choses justement parce qu'on sait qu'on peut les perdre un jour. Beaucoup des pièces que j'ai vues traitent de ce sujet... Les gens qui considèrent que tout est acquis ne connaissent jamais le véritable bonheur, ni la gratitude.

Arès marqua une pause et me lança un regard curieux, avant de reprendre son chemin.

— Je n'ai jamais rencontré quelqu'un comme toi, dit-il calmement.

— Si tu crois que moi j'avais déjà rencontré quelqu'un comme toi, rétorquai-je d'un air bougon. Et pour le démon ?

— Quoi, le démon ?

— Si je suis immortelle, quel est l'intérêt de le combattre ? Personne ne peut gagner.

Arès prit le temps de tailler des branches particulièrement épineuses qui nous barraient le chemin avant de répondre.

— Elle vole les âmes. Ce serait bien pire que de mourir. Elle pourrait garder ton âme dans un tourment éternel.

— Prendre l'âme des dieux est le seul moyen de les tuer ?

— Il existe beaucoup de moyens de nuire à un immortel. Notamment, certains dieux très puissants qui ont reçu le droit de régner, comme mon père, peuvent te priver de tes pouvoirs.

— Et donc te faire devenir mortel ? demandai-je.

Arès acquiesça d'un signe de tête, et je compris alors que le fait que Zeus lui ait volé ses pouvoirs était pire pour lui que je ne l'avais pensé. Son père l'avait rendu mortel, et lui avait ôté toute protection.

— Ton père est un vrai crétin.

— C'est quoi un « crétin » ?

Réprimant un ricanement à l'idée d'expliquer la réponse à cette question, je lui répondis vaguement.

— Disons que c'est un synonyme de « connard ».

— Pourquoi ne pas s'en tenir à connard, alors ? Apparemment, c'est ton mot préféré...

— J'avais décidé de te le réserver, lui dis-je avec sarcasme.

Il me jeta un regard par-dessus son épaule et, bien que je ne puisse pas voir sa bouche, j'étais à peu près certaine qu'il souriait.

DIX

BELLA

Nous nous frayâmes un chemin à travers la forêt pendant encore au moins une heure. Je faisais de mon mieux pour éviter de penser à l'immortalité, me distrayant en m'exerçant à activer ce truc, qui exaltait mes sens, dont j'avais accidentellement découvert l'existence. Je choisis de ne pas en parler à Arès, et je préférai m'émerveiller silencieusement de la façon dont je pouvais amplifier à volonté mon ouïe et ma vision pour entendre et voir toutes sortes de choses.

J'étais en train d'écouter attentivement le cœur d'Arès battre dans sa poitrine, lorsque le sol céda sous mes pieds.

J'hurlai en tombant dans ce qui me semblait être un puits sans fond, agitant vainement mes bras pour essayer de m'agripper à quelque chose. Avant que je n'aie pu me remettre de ma surprise et utiliser mon pouvoir, j'atterris sur une surface froide et dure et, alors que je commençai à couler, je réalisai que j'étais tombée dans l'eau. Ma vision devint rouge en réaction à la douleur et au choc mais, complètement paniquée, j'étais incapable de me concentrer.

— Bella ! rugit Arès.

Je criai de toutes mes forces, essayant de me redresser, mais je sentais quelque chose s'enrouler autour de mes cuisses et de mes hanches. Enfin, ma tête sortit de l'eau et je pris une bouffée d'air avant d'être ramenée vers le bas.

J'avais Ischyros dans la main et je donnais des coups tant que je pouvais, dans tous les sens, mais la chose qui me retenait ne faiblissait pas. Je ne réussissais même pas à l'atteindre avec mon arme. Je ne voyais presque rien, mon agitation troublant l'eau autour de moi, mais il me sembla apercevoir un tentacule. Je continuai à donner des coups de pied aussi fort que je le pouvais. Ma tête sortit à nouveau de l'eau et je pus faire un plein rapide d'oxygène avant d'être submergée à nouveau.

C'est alors que je vis une lueur dorée. Arès était dans l'eau avec moi.

— *Reste calme !* cria-t-il dans ma tête tandis que je me débattais pour remonter à la surface. *Tu peux respirer sous l'eau !*

— Non ! haletai-je.

— *Si ! Tu es immortelle !*

Mais la panique m'empêchait de réfléchir. J'étais une combattante, pas une contorsionniste ! J'étais piégée, n'arrivais pas me libérer, et ne pouvais plus respirer. J'avais des vertiges, et je sentais mes forces diminuer à mesure que l'idée de mort me submergeait.

— *Reste calme !*

L'eau autour de moi était toujours aussi trouble, mais je vis clairement le panache rouge vif d'Arès près de moi. J'avais cruellement besoin d'air. Ma poitrine brûlait. Je tentai de remonter à la surface, mais quelque chose tira sur mes jambes, et je fus projetée plus bas.

J'allais me noyer. J'étais piégée. Mes poumons allaient se remplir d'eau, et je mourrais.

D'énormes points noirs traversèrent ma vision. Mes jambes ne bougeaient plus, la chose s'étant tellement enroulée autour d'elles que je ne pouvais plus faire le moindre mouvement.

— Ça va faire mal, mais tu vas survivre. Nous avons besoin de tes pouvoirs, Bella. Je t'en prie, reste consciente !

La voix d'Arès était calme et apaisante dans mon esprit, et je m'y accrochai, alors que les dernières bulles d'air s'échappaient de ma bouche. Ma poitrine me brûlait de plus en plus. Lentement, je tournai la tête et essayai de trouver les yeux d'Arès, de me concentrer sur autre chose que l'obscurité qui était en train de me happer. Alors, soudain, je sentis un pic de douleur dans ma tête et Arès me saisit par la main, celle qui tenait Ischyros.

— Ne lâche pas l'épée. Quoi qu'il arrive.

Je fus tirée plus bas encore. La lumière de la surface s'estompa. La douleur dans ma poitrine devint alors si forte que j'ouvris la bouche et inhalai, instinctivement. J'avais trop besoin d'air...

Vaguement, il me sembla crier alors que l'eau glacée remplit ma bouche, brûlant ma gorge. Je sentis la main d'Arès se resserrer autour de la mienne et je pensai, dans une semi-conscience, que c'était une bonne chose car j'étais trop fatiguée pour tenir Ischyros seule. Je fermai les yeux, essayant d'oublier la douleur dans ma poitrine qui devenait intenable. J'étais à deux doigts de m'évanouir, déchirée par l'agonie, et tout mon corps me suppliait de me mettre fin à la souffrance, de m'échapper.

Mais je refusai de lâcher prise, de céder à la tentation. Arès avait dit que je devais rester consciente.

Alors que j'étais sûre de ne plus pouvoir supporter l'agonie, une bouffée d'air frais, qui sembla survenir de nulle part, emplit mes poumons. L'eau que j'avais ingérée jaillit de ma gorge, et je m'étouffai. Prise d'une toux violente, j'ouvris les yeux, et réalisai qu'il faisait maintenant complètement noir. Surtout, je réalisai que je respirai.

Je respirais sous l'eau.

Je sentis la présence d'Arès à mes côtés, sa main toujours serrée autour de la mienne. En recrachant de l'eau, j'essayai de me tourner vers lui mais la chose enroulée autour de mes jambes m'arrivait maintenant à la taille. Avec ma main libre, j'essayai de la repousser, mais je cessai immédiatement dès que je touchai un tentacule visqueux. Je sentais mon point d'énergie brûler sous mes côtes, et je me concentrai, essayant de guérir ma gorge irritée.

— Arès ?

Je l'appelai par la pensée mais également à voix haute, ma voix se perdant instantanément dans les profondeurs.

— *Coupe les tentacules avec ton épée !*

Sa pensée était faible. Sa voix crispée. J'eus peur pour lui. De toute évidence, quelque chose n'allait pas.

— Tu vas bien ?

— *Coupe-les !*

Je sentis sa main se détacher de la mienne, libérant mon arme.

— *Je ne les vois pas !*

Après une seconde, une faible lueur illumina l'eau trouble. C'était l'armure d'Arès. Je ne pouvais pas voir ses yeux, mais la lueur dorée était suffisante pour que je puisse voir les tentacules violets enroulés autour de nous deux.

Sans hésiter, j'abattis mon arme. À peine la lame eut-elle rencontré le tentacule que la chose se débattit, nous secouant, Arès et moi, d'un côté et de l'autre. Alors que ma vision devint rouge, je lui assénai autant de coups supplémentaires que je le pus. J'étais hystérique.

Arès fut libéré en premier, puis, une seconde plus tard, ce fut mon tour. Dès que nous fûmes libres, je battis des pieds pour remonter à la surface, m'arrêtant seulement pour voir si Arès me suivait.

Ce n'était pas le cas.

Merde !

Levant les jambes, je fis un tour complet dans l'eau, et regagnai le fond. Mais, cette fois, j'avais regagné toute ma force – la panique ayant laissé place à la détermination.

La lueur d'Arès s'estompait, et la peur me prit à la gorge quand je réalisai qu'il s'enfonçait plus profondément dans l'eau. Heureusement, les tentacules semblaient avoir disparu. Je nageai plus vite pour le rejoindre.

— Arès !

Il ne me répondit pas, la lueur de son armure disparaissant presque à mesure qu'il s'enfonçait. S'il continuait de couler, j'allais finir par le perdre complètement ! Une nouvelle vague de panique m'envahit, et je nageai encore plus vite.

Au moment où je posai ma main sur son bras, sa lumière s'éteignit.

Alors, la puissance explosa dans ma poitrine, et je sus instinctivement que mon énergie – celle qu'Arès avait utilisée – venait de me revenir. Je possédai à nouveau tous mes pouvoirs ; je ne les partageais plus. Ce qui signifiait qu'Arès était inconscient.

Prise de panique, je pris le corps mou du dieu de la Guerre dans mes bras et battis des pieds aussi vite que je le pus pour remonter à la surface. Arès était lourd. Nous étions loin de l'air libre. Et j'étais trop lente. S'il avait cessé de respirer, jamais je ne pourrais remonter à temps pour le sauver. L'immortalité fonctionnait-elle s'il n'avait plus de pouvoirs ou était inconscient ? Allait-il survivre ? Pourquoi n'y avait-il pas un putain de manuel pour ça, bordel ?!

La colère et la frustration m'envahirent et, avec elles, un regain de force. Mes jambes semblaient grandir à mesure que je nageais, et une lueur d'espoir me poussa plus loin. Je puisai dans la chaleur brûlante sous mes côtes, m'efforçant de devenir encore plus grande, encore plus forte, pour atteindre la surface plus rapidement.

Et je réussis. À chaque battement de jambe, je sentais mon corps s'allonger et repousser l'eau avec plus de vigueur et de facilité. Arès me semblait être de plus en plus léger.

Lorsqu'enfin nous atteignîmes la surface, je projetai Arès qui atterrit à moitié sur le sol de la forêt, les jambes toujours dans l'eau. Je m'extirpais hors de l'eau et me précipitai près de lui. Le souffle court, faisant de mon mieux pour reprendre ma respiration, je le fis rouler sur lui-même et tentai d'appuyer sur sa poitrine pour faire sortir l'eau. Mais son armure était trop dure, trop épaisse, et mes gestes ne servaient à rien. À toute vitesse, je retirai alors son casque, révélant sa peau blanche comme du papier. Désespérément, je pressai mes mains sur son visage et me concentrai sur mes pouvoirs, tentant de les lui communiquer.

— Prends ma force, murmurai-je, la gorge sèche. S'il te plaît. S'il te plaît, ouvre les yeux !

De l'eau jaillit soudainement de sa bouche et il roula

sur le côté, ce qui m'obligea presque à le lâcher. Mais je gardai mes mains sur son visage, déversant mon pouvoir de guérison en lui, tandis qu'une vague de soulagement m'envahit. Il toussait, s'étouffait avec l'eau, et j'essayais de le réconforter avec des mots apaisants. Enfin, après ce qui me sembla durer une éternité, il leva les yeux vers moi.

Sa respiration était irrégulière et il avait l'air épuisé.

— Est-ce que tu vas bien ? murmurai-je en repoussant ses cheveux mouillés.

— Je suis en vie, grogna-t-il. Grâce à toi.

Lentement, je retirai mes mains de son visage, et il se redressa pour s'asseoir.

— Que s'est-il passé ? lui demandai-je.

— Je... je n'ai pas réussi à prendre suffisamment de tes pouvoirs. Cela t'aurait fait trop mal et, surtout, tu en avais besoin pour survivre à la panique.

Je le regardai fixement.

— Tu as renoncé à tes pouvoirs pour moi ?

Il baissa les yeux sur ses mains, puis se leva, encore fragile.

— C'était la seule option pour nous puissions survivre tous les deux, finit-il par répondre d'un ton brusque, sans me regarder.

Il tapait sur son armure pour en faire sortir l'eau.

— Je savais que, si je perdais conscience, tu aurais suffisamment de pouvoirs pour nous libérer tous les deux. En revanche, si tu avais perdu conscience, tu n'aurais pas pu me sauver. Et moi non plus.

Il avait raison. J'étais celle de nous deux qui détenait le pouvoir. Sans moi, il n'avait rien, et ce qu'il avait fait était logique. Pourtant, même s'il ne me le disait pas, je savais qu'il y avait autre chose.

Il était fier, impulsif. J'avais pu constater que son goût du combat, de la victoire, prenait le pas sur tout le reste, chez lui. Le fait qu'il s'empêche de prendre mes pouvoirs et de me confier sa vie... C'était définitivement un côté d'Arès que je n'avais pas soupçonné.

ONZE

ARÈS

Ma gorge et mes poumons brûlaient d'une sensation que je n'avais pas ressentie depuis des siècles, à part brièvement lors du combat avec mon père.

La douleur.

Décidément, être mortel était une malédiction ! Quand Bella serait plus forte, je pourrais partager ses pouvoirs plus efficacement. En même temps, que se passerait-il si nous ne pouvions pas les utiliser ensemble pour échapper tous les deux à la mort ?

Un sentiment de malaise m'envahit tandis que je me détournai d'elle. Ce que je lui avais dit était vrai : cela n'aurait eu aucun sens de la laisser perdre conscience. J'aurais fini par mourir.

Mais, en réalité, ce n'était pas ça qui m'avait poussé à renoncer à ses pouvoirs. Ce n'était pas ce qui m'avait traversé l'esprit lorsque, pour la première fois de ma vie, le noir s'était refermé sur moi et que la mort, bien réelle, s'apprêtait à m'emporter.

À ce moment-là, la seule chose à laquelle j'avais pensé était que je voulais la sauver. Sentir sa terreur, tandis qu'elle se débattait et luttait pour sa survie, avait fait naître en moi un sentiment instinctif que je n'avais jamais éprouvé auparavant. Elle avait besoin de toute sa puissance pour respirer sous l'eau, pour utiliser son immortalité. Et je l'avais laissée faire sans hésiter. Pourquoi ?

Pourquoi avais-je fait cela ?

Le pouvoir qu'elle détenait sur moi devenait dangereux. Je n'avais jamais été aussi proche de la mort, et j'avais pourtant mis ma vie entre ses mains. Elle pourrait être mon adversaire le plus redoutable.

Je me tournai légèrement, essayant de l'apercevoir sans qu'elle le remarque. Elle était debout, dos à moi, les mains sur les hanches, observant la forêt. Ses cheveux blonds mouillés pendaient jusqu'au bas de son dos, et l'image de son corps nu m'assaillit. Elle était plus grande, réalisai-je, et ses muscles étaient plus saillants que d'habitude. Ses pouvoirs lui avaient donné la force de me faire remonter à la surface, et je n'étais pas sûr qu'elle l'ait remarqué.

Si elle devait causer ma mort, il me sembla qu'elle n'en avait pas conscience.

— Je pense que je sais où est le dragon, dit-elle.

Je me retournai avant qu'elle ne me surprenne en train de l'observer.

— Où ? demandai-je en me baissant pour ramasser mon casque.

— Il n'y a aucun oiseau dans cette direction.

Je pris une longue inspiration puis, ayant enfoncé mon casque sur ma tête, je lui fis face. Ses yeux inquiets croisèrent les miens, puis elle regarda à nouveau dans la direction qu'elle indiquait.

— C'est vrai. C'est aussi là que je sens le plus de

danger, acquiesçai-je. Comment sais-tu qu'il y a moins d'oiseaux ?

— Parce que je les entends. Ou plutôt, je ne les entends pas.

Elle commençait à apprendre à utiliser certains de ses pouvoirs par elle-même ; je n'allais pas pouvoir la tenir dans l'ignorance encore très longtemps.

— Tu te rends compte que tu es devenue plus grande ? Pour préserver tes pouvoirs, tu devrais reprendre une taille normale maintenant.

Elle se regarda avec inquiétude.

— Merde ! Tu as raison... Je suis presque aussi grande que toi !

Il y avait dans sa voix un émerveillement qui me fit frissonner et que j'aurais voulu entendre pour l'éternité. Mieux, j'aurais aimé en être la cause.

— Comment je fais pour rétrécir ?

— Il suffit de vouloir être normale.

Elle ricana en levant un sourcil.

— Normale ? Mais je ne veux pas être normale. Je n'ai jamais été normale de ma vie. Ce n'est certainement pas le moment de commencer.

Je ne pus m'empêcher d'esquisser un petit sourire. Heureusement que je portais mon casque ; elle ne le remarqua pas.

— Tu vois ce que je veux dire, rétorquai-je. Ta taille d'avant.

Elle ferma les yeux, et commença à reprendre sa taille habituelle, sa peau brillant d'une faible lueur dorée. Puis elle rouvrit les yeux.

— Si ça se trouve, je vais finir par être plus forte que toi ! me lança-t-elle avec un large sourire.

— Pourquoi crois-tu que je refuse de t'apprendre quoi

que ce soit ? répondis-je, regrettant immédiatement mon trait d'humour.

Mais, au lieu de se lancer dans une série de questions interminable, elle haussa simplement une épaule.

— De toute façon, je ne m'en sors finalement pas si mal toute seule. Je viens de nous sauver tous les deux de la noyade, et je sais où est le dragon.

— Je suis un Olympien ! tonnai-je, indigné. Je peux t'apprendre des choses que tu n'imagines même pas !

— Grand dadais... Je n'avais jamais imaginé les choses que je découvre dans ce monde. Tu ne m'apprends pas grand-chose !

— L'éternité ne serait pas assez longue pour t'apprendre tout ce que je sais !

— Hmmm... Monsieur est érudit à ce que je vois ! se moqua-t-elle avec un sourire qui me fit quelque chose – comme une sensation nouvelle et inconfortable. Eh ben vas-y ! Je t'écoute... Apprends-moi quelque chose que personne d'autre ne pourrait m'apprendre...

Une vague de désir s'empara soudain de moi et je m'imaginai apprendre à Bella des choses qui n'avaient rien à voir avec la guerre, ni le combat.

Le lien qui nous unissait dut transmettre mes pensées car, à la seconde où mes yeux croisèrent les siens, un feu jaillit dans ses iris. Un tambour résonna au loin, d'abord lentement, puis plus fort et plus rapidement, au rythme des battements de mon cœur. Bella fit un pas en avant, les yeux pleins de vie, et ses lèvres s'entrouvrirent.

Sans réfléchir, je retirai mon casque. Bella s'approcha encore de moi, et son souffle chaud se mêla au mien. Incapable de résister à la tentation, je laissai tomber mon casque au sol et ne pensai plus qu'à une chose : l'embrasser. Passant mes bras autour de sa taille, je caressai son visage, mon regard plongé dans le sien.

— Tu m'as sauvée, murmura-t-elle.

Les flammes dans ses yeux étaient gigantesques. Féroces, chaudes, irrésistibles. Et les tambours de la guerre battaient autour de nous.

— Toi aussi tu m'as sauvé, soufflai-je.

Ses lèvres s'écrasèrent sur les miennes, et la forêt autour de nous disparut.

Plus rien d'autre n'existait que son goût, sa chaleur, sa passion. Nos langues s'entremêlèrent dans une danse plus érotique que tout ce que j'avais connu, et mon esprit se remplit du désir de sentir chaque partie de son corps contre le mien.

Elle gémit doucement lorsque je rompis le baiser, déposant des baisers sur ses joues, son menton, son cou délicat. Ses doigts fondirent dans mes cheveux, ses ongles sur mon crâne me faisant frissonner de plaisir.

J'avais envie d'elle. Et j'avais besoin de plus encore que son corps. Elle était à moi. Je le savais, avec une certitude aussi soudaine que douloureuse.

Elle était à moi.

— Arès.

Je me figeai, réalisant que la voix glaciale que je venais d'entendre dans ma tête n'était pas celle de Bella.

— Que tu me trahisses passe encore. Mais que tu le fasses devant le monde entier, je ne l'accepte pas.

DOUZE

— Qu'est-ce qui ne va pas ?

Arès était figé. Alors que, une seconde avant, il embrassait mon cou avec une avidité féroce, il devint soudain aussi immobile qu'une statue.

— On nous observe.

Sa voix était tendue.

Mon pouls battait dans mes oreilles, et je le désirais si intensément que j'avais l'impression que tout mon corps était en feu. Mais, devant son air inquiet, je m'accroupis et ramassai mon arme, essayant de me concentrer sur la menace. Il m'avait dit que cette forêt était l'un des endroits les plus dangereux au monde, et je devais à tout prix me ressaisir – chasser l'envie que j'avais de lui et qui me rendait si joyeuse. Après avoir été attaquée par des oxydes et une espèce de pieuvre monstrueuse, je savais en effet que le danger était réel. Les baisers pouvaient attendre.

Pourtant, j'aurais aimé ne pas avoir à attendre. Je voulais tout d'Arès, et je le voulais plus que tout ce que j'avais désiré dans ma vie. Je ne savais même pas qu'un désir aussi intense était possible.

— Où ? chuchotai-je. Je ne vois rien.

— L'épreuve est publique. Tout l'Olympe nous regarde ! Je viens de recevoir un message d'un des dieux.

Je me retournai lentement vers lui.

— Aphrodite ? demandai-je en serrant les dents, ma passion inassouvie se transformant rapidement en rage.

Une voix féminine martela dans mon esprit, si fort que c'en était presque douloureux et je grimaçai.

— Oui, Aphrodite ! La déesse de l'amour ! Tu vas regretter d'avoir voulu te moquer de moi. Vous allez le regretter tous les deux !

Une douleur fulgurante me saisit au niveau de la nuque et descendit le long de ma colonne, m'empêchant presque de respirer.

— Bella !

Arès s'était accroupi devant moi, et il tenait mon visage dans ses mains tandis que des points noirs obstruaient ma vision.

— Je vais bien, soufflai-je. Putain, c'était quoi ce truc ?

— Utilise tes pouvoirs pour te guérir.

Sa voix était presque tendre – un ton dont je ne le savais même pas capable.

— La douleur est partie maintenant, le rassurai-je en me redressant. Qu'est-ce qu'elle a voulu faire ?

— Je pense qu'Aphrodite a juste essayé de te maudire.

Mon estomac se noua, tandis que l'effroi et la colère m'envahirent.

— Quoi ?

— Il faudrait que quelqu'un qui connaît ses pouvoirs le confirme mais, ce dont je suis certain, c'est qu'elle est maintenant notre ennemie à tous les deux...

Je levai les yeux vers son beau visage. Il était tendu,

anxieux, mais portait toujours les traces de son désir pour moi. C'était évident.

Je lui envoyai une pensée.

— *Dès que nous serons seuls, nous finirons ce que nous avons commencé.*

Il plongea son regard dans le mien et, pendant une seconde, son désir fut si intense que les flammes dans ses iris bondirent et se précipitèrent dans mon cœur. Mais il ne me répondit pas.

Au lieu de cela, il se baissa, ramassa son casque, et le remit en place. Ischyros chauffa dans ma main alors que je faisais de mon mieux pour réprimer ma colère. Ce connard m'avait fait perdre mes moyens devant le monde entier et, maintenant, il refusait ? Et devant tout le monde ?! Ma vision se teinta de rouge.

J'ouvris la bouche, prête à lui dire clairement que s'il aimait toujours Aphrodite, une femme qui le traitait comme de la merde, il ferait mieux de ne pas poser à nouveau ses sales pattes sur moi, mais il parla en premier.

— Après toi, me dit-il, en faisant un geste en direction de la forêt.

— Tu es un trophée pour elle. C'est ce que tu veux ?

Une vague de chaleur jaillit de lui et je sentis un tiraillement dans mon ventre.

— Soit je nous fraie un chemin, soit je te laisse faire ! siffla-t-il.

Serrant les dents, je brandis Ischyros et donnai un grand coup sur l'amas de branches devant moi. Puis je recommençai avec les suivantes, encore et encore. Je ne pouvais plus m'arrêter. Je déversai mon trop-plein d'énergie, ma colère, mon désir pour Arès, ma peur d'avoir failli me noyer, ma confusion à propos de tout... Je coupais, tranchais, gémissais, dans une sorte d'état second. Je n'étais même pas vraiment sûre de nous frayer un chemin, mais m'en prendre à cette forêt de merde me faisait du bien.

— Bella, arrête !

Haletante, je me tournai vers Arès. Je ne savais pas combien de temps s'était écoulé depuis que j'avais commencé à couper.

— Pourquoi ?

— J'entends à nouveau des oxydes…

Je déployai mes sens et les entendis à mon tour.

— Putain ! grognai-je, toujours hors de moi. Je vais les massacrer !

Je brandis mon épée dans les airs, mais Arès attrapa mon bras.

— Bella, si tu es piquée, tu ne pourras pas te rétablir. Tu vivras piégée dans la folie toute ta vie.

Je baissai le bras, réalisant que la situation était sérieuse et que ce n'était pas le moment de faire un caprice.

— Okay… Qu'est-ce qu'on fait ?

— Je sens quelque chose en dessous de nous. Quelque chose de dangereux.

— Plus ou moins dangereux que les oxydes ?

— Je ne sais pas, mais cela signifie qu'il doit y avoir un passage, des grottes ou quelque chose de similaire, sous la terre. Peut-être devrions-nous essayer d'y aller ? Cela nous permettrait de continuer d'avancer en étant protégés des oxydes.

Il avait vu juste. En moins de cinq minutes, nous trouvâmes l'entrée d'une grotte dissimulée sous un feuillage dense. Le bourdonnement avait doublé de volume. Lorsque nous fûmes dans la grotte, il était si assourdissant que je n'arrivais même plus à réfléchir. Ensemble, nous soulevâmes autant de rochers et de pierres que possible jusqu'à l'entrée, priant pour que les oxydes ne se rendent pas compte que nous étions derrière l'enchevêtrement de broussailles qui cachait la grotte.

Alors que la pile de pierres et de rochers grandissait, je me demandais si nous n'étions pas en train de faire une énorme erreur... Nous enfermer dans une grotte où nous savions que quelque chose de dangereux se cachait n'était peut-être pas la meilleure idée ? Mais l'urgence était de nous protéger des oxydes...

— Tu vas devoir m'apprendre à briller, dis-je, essayant de m'habituer à la pénombre.

— Pense à quelque chose qui émet beaucoup de lumière.

— Comme le soleil ?

— Oui, par exemple. Moi, je pense à des voiles solaires, sur un bateau.

Je pensai aux voiles colossales sur le mât du navire du démon, comme un métal liquide brillant et resplendissant.

— Bravo, me félicita-t-il, son visage souriant apparaissant soudain devant moi.

Je brillais comme de l'or.

— Chaque fois que tu utilises beaucoup de pouvoirs, tu brilles. Est-ce que tu le fais exprès ? lui demandai-je.

— Non. C'est quelque chose de naturel pour les dieux.

— Je me souvins que ma peau brillait lorsque je suis montée sur Cottos. « C'est quelque chose de naturel pour les dieux », répétai-je. Je suis donc vraiment une déesse ? Une divinité ?

Arès ne répondit rien, mais se détourna de notre barrière de fortune et se dirigea vers l'intérieur de la grotte.

— Tu sais que tu es vraiment la pire personne avec laquelle avoir une crise existentielle ou un choc ? soupirai-je en le suivant. Je viens de découvrir que j'étais une déesse et que je pouvais briller d'une lumière dorée, et je n'ai personne avec qui m'extasier sur le sujet... C'est franchement frustrant !

— Tous les dieux brillent, je te l'ai dit. Il n'y a pas de quoi « s'extasier »...

— Eh ben si, moi, je *m'extasie* ! Je suis très impressionnée. Par moi-même, hein... Pas par toi ! Ta lumière à toi, c'est de la merde.

Il me regarda par-dessus son épaule et je lui fis un doigt d'honneur accompagné d'un sourire sarcastique. Il secoua la tête.

— En tout cas, malheureusement, briller ou être une déesse ne te rend pas moins grossière...

— C'est vrai ! admis-je avec fierté et un large sourire.

La grotte était large et fraîche, et je fis fait appel à mes nouveaux super sens pour essayer d'entendre ou voir tout ce qui pouvait être dangereux ou intéressant. Il y avait des bruits de pas, comme de souris, mais ils étaient lointains, et je n'aurais pu dire à quoi ils correspondaient exactement. Nous marchâmes un long moment – plusieurs heures me sembla-t-il – avant qu'Arès ne ralentisse. Sa lumière était devenue très faible, et je sentis un petit tiraillement dans mon ventre quand il se retourna pour me faire face.

Il parla dans ma tête, plutôt qu'à voix haute.

— Nous devons nous reposer.

Je fronçai les sourcils, mais me repris rapidement et arborai un air indifférent. Tout l'Olympe nous observait et, de toute évidence, le dieu de la Guerre n'avait pas envie que le monde sache qu'il était fatigué. Après sa trahison dans l'arène, et le fait qu'il m'ait rejetée les deux fois où je l'avais embrassé, j'aurais pu me venger en le forçant à continuer ou à admettre à haute voix qu'il était fatigué, mais il venait d'échapper à la mort... Et puis, il aurait pu puiser dans mes pouvoirs ; or, il ne le fit pas.

— C'est chiant d'être mortel, hein ? répondis-je dans sa tête, d'un ton badin.

Il faisait trop sombre pour que je puisse voir sa réaction, mais je me forçai à étirer mes bras au-dessus de ma tête et de bâiller pour qu'il ne se sente pas humilié.

— Grand dadais... Je meurs de faim, dis-je à haute voix. On peut s'arrêter et manger ?

Nous nous installâmes sur une surface plane, contre la paroi de la grotte, que nous aménageâmes comme nous le pûmes pour la rendre aussi confortable que possible. Nous avions trouvé de petits rochers sur lesquels nous asseoir, et Arès prit un peu de la mousse qui recouvrait le plafond de la grotte pour en faire des coussins. De mon côté, je cherchai dans les crevasses sombres suffisamment de morceaux de branches et de brindilles pour allumer un feu.

Lorsque nous fûmes enfin assis autour de notre petit feu de camp, je regardai Arès.

— Comment allons-nous trouver de la nourriture ? Nous n'avons pas le droit de nous téléporter...

— On pourrait demander de l'aide.

— À qui ?

Arès pencha la tête sur la tête et réfléchit un instant.

— À l'un de mes sujets les plus loyaux.

Je levai un sourcil.

— Ma fille.

— Hou là ! Doucement papillon ! C'est peut-être un peu tôt pour me présenter ta famille, tu ne crois pas ?

Je plaisantais à moitié. En réalité, j'étais troublée d'apprendre qu'Arès avait une fille – et peut-être d'autres enfants. Et pas de simples enfants, mais des demi-dieux qui devaient être maintenant adultes et qui devaient passer d'un royaume à l'autre de l'Olympe.

— Je pense que tu t'entendras bien avec Hippolyte. Elle est reine des Amazones.

— Des « Amazones » ? Genre Wonder Woman ?

— Je ne sais pas qui est Wonder Woman...

— Une héroïne de mon monde. Son nom veut dire « Femme extraordinaire ».

— Hippolyte est une femme, et elle est parfois extraordinaire...

Je ris, à la fois amusée et curieuse.

— Elle n'aurait pas une fille qui s'appelle Diana ?

— Non. Pourquoi ?

— C'était le vrai nom de Wonder Woman...

— Bon, en tout cas, pour que tu puisses la contacter, je vais devoir t'apprendre à communiquer avec ceux qui exercent le pouvoir de la guerre.

— Brillance et télépathie, le tout en une seule soirée... Tu me gâtes !

— Je croyais que tu voulais apprendre ? Tu ne prends donc jamais rien au sérieux ?

— Mais je *suis* sérieuse ! Je suis juste un peu nerveuse.

— Arrête de parler.

— Okay...

Malgré la fraîcheur de la grotte, mes paumes devinrent moites lorsqu'Arès se pencha en avant, posant ses avant-bras sur ses genoux.

— Tiens ton épée.

Je ramassai Ischyros et la posai à plat sur mes genoux, le tenant par le manche.

— Imagine-toi à la tête d'une armée. Il peut s'agir de n'importe quel groupe de personnes ou de créatures, mais dis-toi que tu es leur cheffe. C'est toi qui commandes. Ensuite, imagine tes ennemis. Pense à ce qu'ils prévoient de faire, à comment ils vont le faire et, surtout, dis-toi que tu peux les battre. Que tu *vas* les battre.

Fermant les yeux, je me concentrai sur la voix d'Arès, profonde et intense. Je me retrouvai instantanément transportée dans une étendue d'herbe et de collines à perte de vue. Il y avait des guerriers partout, certains à cheval, et d'autres debout. Tous avaient des lances, des épées, ou des arcs. Au loin, une ligne noire s'étendait à l'horizon. C'étaient nos ennemis. Ils se dirigeaient vers nous, implacables. Aux vêtements que nous portions tous, et compte tenu du fait qu'il n'y avait rien de moderne autour de moi, il me sembla que nous étions au Moyen-Âge. C'était un paysage du nord de l'Europe. La Grande-Bretagne, ou l'un des pays de la Scandinavie, peut-être ?

Je m'observai moi-même. Vêtue d'une robe violette et d'une cape en fourrure, je tenais Ischyros dans une main, et le bouclier avec les deux étalons dans l'autre. J'étais sur un cheval blanc comme la neige.

— Okay, soufflai-je, gardant les yeux fermés – je n'avais pas envie de quitter ce monde imaginaire qui me semblait merveilleux.

— Laisse le frémissement du combat monter en toi. Laisse-toi guider par ton instinct de guerrière. Et au moment où la bataille commence, accroche-toi à ce sentiment.

Je fis ce qu'il me disait, laissant l'excitation de la bataille imminente me consumer. Je m'imprégnai de l'adrénaline de ceux qui m'entouraient, et ce fut comme si leurs émotions exacerbées coulaient dans mes veines et me nourrissaient. Les guerriers se mirent à chanter, d'abord à voix basse, puis de plus en plus fort, jusqu'à ce que ma peau vibre et que leur chant résonne dans tout mon être. Très vite, le champ de bataille devint assourdissant, alors même que nos ennemis approchaient. Leurs tenues étaient les mêmes que celles de mes soldats, mais je ne les observai pas plus que cela. Ce qui m'intéressait surtout, c'était de savoir comment les vaincre. Très vite, je remarquai qu'ils avaient moins d'hommes à cheval que d'archers. Calculant rapidement la position que mes cavaliers et mes hommes à pied devaient tenir, je hurlai mes ordres, et le chant de guerre se dissipa tandis que les hommes et les femmes qui m'entouraient obéissaient sans réserve, répétant mes instructions de rang en rang jusqu'à ce que chacun sache exactement ce qu'il devait faire.

Un sentiment d'exaltation et joie pure me saisit, alors que le bruit des sabots des montures ennemies galopant sur la terre augmentait. Ils n'allaient pas tarder à nous atteindre. Juste le temps de sentir l'acier de la lame dans ma main. Juste le temps de me prouver que j'étais une vraie guerrière.

— C'est ça, dit Arès.

Il y avait dans sa voix la même exaltation que celle que je ressentais.

— Maintenant, accroche-toi à cette sensation...

— Comment cela ?

— Garde cette sensation en toi, mais reviens à la grotte. Fais appel à tes sens, et cherche cette sensation autour de toi.

— Mais j'ai besoin de rester là-bas. J'ai envie de me battre. De gagner.

— Ce n'est pas réel, Bella. C'est...

Arès s'interrompit un instant.

— C'est ton pouvoir, qui se manifeste dans ton imagination. Reviens dans la grotte...

Lentement, à contrecœur, j'ouvris les yeux.

— Bien. Ne perds pas cette sensation, cherche-la. Fais appel à tes sens, répéta-t-il.

Réprimant ma déception de quitter le champ de bataille imaginaire, je fis ce qu'il me disait, en essayant de garder intacte l'exaltation que je ressentais. Je déployais mes sens comme j'avais appris à le faire plus tôt ce jour-là mais, au lieu de m'en servir pour entendre ou voir, j'imaginai le bruit de l'acier et les cris de guerre.

Je restai bouche bée alors qu'un feu brûlant s'éleva autour d'Arès, consumant son panache. Je savais que ce n'était pas réel, mais ça n'en restait pas moins impressionnant. Je levai la main pour essayer de toucher les flammes, par curiosité.

— Tu m'as trouvé. Regarde plus loin.

Je fis ce qu'il me dit, me concentrant sur mes sens, et soudain, j'eus l'impression d'être sur des montagnes russes, plongée dans le noir. Je filais à toute allure à travers le néant, ne voyant rien d'autres que quelques flammes blanches qui surgissaient de temps à autre autour de moi, sans que je puisse ralentir pour les regarder de plus près.

— Arès ? l'appelai-je, paniquée, ne sachant plus où j'étais.

— Ralentis. Concentre-toi. Tu veux trouver Hippolyte.

N'ayant aucune image de la reine des Amazones à laquelle me raccrocher, j'imaginai Wonder Woman à la place. J'allais de plus en plus vite et je faillis crier, perçant l'obscurité, jusqu'à ce que, enfin, je m'arrête devant une tour de feu blanc.

— Hi... Hippolyte ? balbutiai-je devant la femme qui sortit des flammes.

J'étais totalement médusée.

— Je te permets d'entrer dans mon esprit uniquement parce que tu es née de mon propre pouvoir. Qui es-tu ?

Elle était si impressionnante que j'avais même du mal à parler.

— Bella. Enfin... Ényo. La... Euh... La déesse de la Guerre.

Deux morceaux d'étoffe marron et rouge étaient attachés autour de sa poitrine et de ses hanches avec une corde ordinaire, laissant apparaître son ventre, ses épaules et ses bras musclés. Ses cheveux blonds et courts encadraient son visage féroce, et ses yeux bleus et brillants me dévisageaient, tandis qu'elle faisait tournoyer un grand marteau de guerre dans sa main gauche.

Elle leva les sourcils et fit un petit signe de tête.

— J'avais entendu parler des épreuves auxquelles était soumis mon père, mais ici, à Thémiscyre, nous rejetons tous les étrangers et leur médiocrité. Pourquoi me cherches-tu ?

— Arès m'a dit que tu pourrais nous procurer de la nourriture. Nous sommes dans le royaume de Panique, Dasos, à Skotadi, et nous n'avons pas le droit de nous téléporter.

— Pourquoi ne pas chasser dans ce cas ?

— Je... Euh... Je ne sais pas, dis-je.

Hippolyte soupira d'un air agacé et je me sentis ridicule.

— Bien ! Dis à mon père que je vais accomplir ses souhaits, déclara-t-elle d'un air glacial.

— Merci, répondis-je.

Mais elle avait déjà disparu à nouveau dans le brasier derrière elle.

Je sentis alors ma tête trembler, comme si quelque

chose aspirait tout mon corps vers l'arrière, puis je vis à nouveau la grotte faiblement éclairée autour de moi. Arès me regardait attentivement, dissimulé sous son casque.

— Elle est...

Mais, avant que je puisse finir ma phrase, il y eut un petit flash de lumière rouge entre nous. Quelque chose de mort, couvert d'écailles et de plumes, était posé sur le sol à côté du feu. Je regardai la chose avec dégoût.

— J'avais espéré un hamburger...

— Elle n'est pas contente que je lui demande de l'aide, m'expliqua Arès.

— Sans blague ? répondis-je avec ironie. Qu'est-ce que c'est que ce truc ?

— Un rongeur.

— On aurait pu l'attraper nous-mêmes dans la forêt...

— Je crois que c'est justement le message qu'elle a voulu nous faire passer.

TREIZE

Puisque nous aurions pu nous débrouiller seuls, je me demandais si Arès n'avait pas fait exprès de solliciter l'aide d'Hippolyte pour m'enseigner un pouvoir supplémentaire. C'était en tout cas ce que je voulais croire... Car, finalement, nous aurions pu essayer de contacter Zeeva pour obtenir de la nourriture. Et puis, même sans aide extérieure, nous aurions certainement fini par trouver des choses comestibles autour de nous. En appeler à la reine des Amazones me sembla, a posteriori, un brin excessif... Il avait si souvent refusé de m'apprendre à utiliser mes pouvoirs qu'il ne devait pas vouloir perdre la face en accédant, tout à coup, à toutes mes demandes, mais je voyais bien que son attitude avait changé depuis qu'il avait failli se noyer. D'ailleurs, il utilisait beaucoup moins mes pouvoirs. Il aurait pu les utiliser et parler à sa fille lui-même, mais c'était à moi qu'il avait demandé de le faire...

Arès prépara l'animal, et nous le regardâmes tourner sur une broche de fortune au-dessus du petit feu.

— Allons-nous dormir ici ? finis-je par lui demander.

Le silence commençait à être trop dur à supporter pour moi.

— Oui... Ici ou ailleurs, quelle différence, de toute façon ?

— À moins qu'il soit préférable que nous continuions à marcher pendant la nuit ? Les dragons sont-ils différents dans l'obscurité ?

Il leva les yeux vers moi, mais je fus incapable de déchiffrer son expression.

— Enlève ton casque, dis-je doucement.

Il hésita et baissa les yeux.

— Ça va... Ce n'est pas comme si je n'avais pas déjà vu ton visage.

Mon argument fit mouche car, lentement, il le retira et le posa par terre, à côté de lui, avec un soin exagéré.

— Tu ne le ménages pas autant d'habitude. Pourquoi ce soin, tout à coup ?

— C'est symbolique, marmonna-t-il.

La lumière du feu scintillait sur son beau visage, se reflétant dans ses yeux, et adoucissant la courbe carrée de sa mâchoire. Il repoussa ses cheveux sur son front, et je réalisai que je me mordais la lèvre inférieure.

— Non, les dragons ne sont pas différents dans l'obscurité, répondit-il en tournant la broche qui tenait notre dîner.

— Est-ce qu'ils ressemblent aux dragons de mon monde ?

— Je n'en ai aucune idée.

— Une espèce de grand crocodile avec des écailles et des ailes, qui crache du feu ?

— Ils sont grands et ont des écailles. Mais je dirais qu'ils ressemblent davantage à des serpents ailés, avec des cornes.

— Oui, donc à peu près la même chose, quoi…

— Mais ils ne crachent pas de feu.

— Ah ! Bah c'est plutôt une bonne nouvelle !

— Certains sont faits de feu.

— Quoi ?!

— D'autres d'eau. Mais la plupart de muscles. Ils sont très intelligents. Ils essaieront de te faire faire ce qu'ils veulent, et joueront avec ton esprit.

— Génial ! J'ai hâte d'y être ! lançai-je avec sarcasme.

Une fois la viande cuite, je réalisai avec un certain dégoût que la seule façon de la manger était de croquer dedans à pleines dents. Cela me dégoûtait, mais mon instinct de survie fut plus fort. Je devais manger pour garder mes forces.

— C'était franchement dégueulasse ! déclarai-je après avoir avalé la dernière bouchée.

— Tu vas offenser Hippolyte, dit Arès qui, lui, semblait apprécier son repas.

— Désolée, Hippolyte, m'excusai-je en regardant autour de moi. En même temps, elle m'a fait comprendre qu'elle ne regardait pas les épreuves, alors j'imagine qu'elle ne nous entend pas non plus, dis-je à Arès.

— Non, elle n'a certainement pas regardé. Sa tribu est très isolée.

— Comment tue-t-on un démon de Kères ? lui demandai-je de but en blanc.

Il leva les yeux vers moi.

— Tu ne peux pas les tuer. Ils sont liés à Hadès tant qu'ils sont dans son royaume. Il faudrait d'abord qu'ils en soient chassés.

— Alors comment les capturer ?

— Si nous remportons ces épreuves, nous n'en aurons pas besoin.

— Je suis juste curieuse...

Arès poussa un long soupir et me regarda dans les yeux.

— Bella, vaincre un ancien démon de la mort n'est pas un exploit que tu peux réaliser seule, et bien que je comprenne ton désir de la battre, tu devrais abandonner cette idée.

Je ne m'attendais pas à ce qu'un dieu de la Guerre soit aussi défaitiste.

— Je dois la battre, pour sauver Joshua ! rétorquai-je.

Mais ce n'était pas tout à fait vrai. En réalité, je voulais battre le démon parce que je ne m'étais jamais sentie aussi impuissante devant qui que ce soit avant elle.

— Ce Joshua ! siffla Arès, en baissant le regard. Que représente-t-il pour toi, exactement ?

— Un ami, répondis-je prudemment. Il m'a aidée à une période où j'étais très malheureuse.

— Pourquoi étais-tu malheureuse ?

— Je te l'ai déjà dit, je ne me sentais pas à ma place. J'avais trop d'énergie pour le monde dans lequel j'étais. J'étais attirée par les extrêmes, par des choses différentes de ce que je voulais vraiment dans mon cœur.

— Je ne comprends pas.

Il leva à nouveau les yeux vers moi, et me regarda d'un air sérieux.

Je soupirai, essayant de trouver les mots.

— Au fond de moi, je veux la justice, l'équité, la gentillesse. L'amour. Mais le besoin de me sentir vivante, de tout remettre en question, de trouver la vérité, et de repousser les limites, m'a souvent conduite dans des endroits où régnait le contraire de la gentillesse et de l'amour. Et cet instinct de guerrière que j'avais en moi, sans savoir pourquoi, me poussait malgré moi à semer le chaos dans ces endroits. J'ai plus d'une fois failli tout détruire autour de moi – les choses, comme les gens. Cela me rendait très malheureuse, mais je ne savais pas pourquoi ni comment y remédier. La thérapie avec Joshua m'a aidée à comprendre qu'il y avait deux côtés en moi : la colère, et la quête de bonheur. Il m'a aidée à trouver des moyens d'évacuer ma colère sans faire de mal à personne.

— Je suis désolé.

Je clignai des yeux, surprise.

— Ce n'est pas un mot habituel venant de ta part... Pourquoi es-tu désolé ?

Une ombre emplit ses yeux tandis qu'il me fixait à travers le feu de camp.

— Je n'avais pas réalisé que cet homme était si important pour toi.

Je fronçai les sourcils. Était-il jaloux ?

— C'est mon seul ami.

J'insistai sur le mot « ami », sans trop savoir pourquoi. Arès et moi n'avions rien en commun. Qu'est-ce que ça pouvait lui faire, finalement, si j'avais le béguin pour mon psy ?

Il caressa sa barbe naissante d'un air pensif. Je le regardai, avec l'envie irrépressible d'aller vers lui, de le toucher, et je toussai maladroitement pour me forcer à reprendre mes esprits.

— Nous allons remporter les épreuves et tu vas le retrouver, finit-il par dire. Je n'ai pas envie de dormir. Nous devrions continuer !

Il se leva brusquement, ramassant son casque. Je le regardai les yeux écarquillés, émerveillée par sa capacité à terminer une conversation aussi brusquement.

— Et si j'ai envie de dormir ? demandai-je.

Il me lança un regard noir, puis remit son casque en place.

— Comme tu veux ! Moi, en tout cas, j'y vais.

Résignée, je me levai et jetai de la poussière sur le feu.

— Pourquoi est-ce qu'on doit toujours faire ce que tu veux, toi ? m'agaçai-je.

— Parce que tu ne connais rien de ce monde !

Il se mit à briller faiblement alors que le feu s'éteignait, et j'imaginai les voiles brillantes pour briller à mon tour, émerveillée de voir que cela fonctionnait à nouveau.

— Tu n'as qu'à m'en dire plus, alors !

— Plus tard.

— Rrrrr ! Je suis sûre que tu as été créé pour m'exaspérer ! grognai-je en trottinant derrière lui.

Nous venions à peine de partir lorsque j'entendis à nouveau les bruits de pas que j'avais entendus plus tôt.

— C'est quoi ce bruit ? demandai-je en chuchotant.

— Ça peut être beaucoup de choses.

— Très utile comme réponse ! Je suis ravie d'avoir posé la question !

Je serrai mon épée plus fort, la sentant chauffer dans ma paume. Il y avait trop longtemps qu'on n'avait pas tenté de nous tuer. Comme en réponse à mes pensées, une soudaine bouffée d'air s'engouffra dans la grotte au-dessus de nous, apportant avec elle une odeur de viande avariée. Arès s'arrêta, puis se tourna vers moi.

— Prête à tester tes pouvoirs ?

— Oui ! acquiesçai-je vigoureusement.

— Le sentiment de guerre que tu as utilisé plus tôt pour

trouver Hippolyte peut être utile pour combattre. Ça va déclencher ce que tu as expérimenté lorsque tu as combattu Cottos : tes mouvements vont s'accélérer, et tu vas avoir l'impression que ton adversaire ralentit. Tu seras alors capable d'anticiper ses réactions et ses décisions avec facilité.

— Okay !

Arès hocha la tête, puis se retourna et reprit sa marche, plus prudemment que précédemment.

— Pourquoi est-ce que tu me dis tout ça ? lui demandai-je en le suivant avec la même précaution.

— Parce que tu vas en avoir besoin pour le combat que nous nous apprêtons à mener.

— Je croyais que tu voulais tout gérer toi-même ?

— J'ai changé d'avis.

— Pourquoi ?

— Ce n'est pas le moment pour en discuter.

Je soufflai ostensiblement, mais cessai de lui poser des questions. Quelque chose avait clairement changé dans son attitude, mais je compris qu'il ne voulait pas me le dire devant tout le monde. J'allais devoir attendre que nous ayons réglé le problème du dragon et que je sois seule avec lui pour aborder le sujet.

Être seule avec lui... J'en rêvais !

— Arrête-toi ! m'ordonna soudain Arès.

Je m'immobilisai aussitôt, déployant mes sens. L'odeur rance devint alors plus forte, et la lueur dorée qui émanait de nos deux corps s'intensifia à mesure que ma vue s'améliorait, dévoilant des zones des murs de la grotte que je n'avais pas vues, dans l'obscurité. Je découvris qu'une légère pellicule recouvrait les murs de la grotte, pâle et fine comme...

— Une toile d'araignée ! murmurai-je, la peur me

nouant l'estomac. Arès, dis-moi qu'il n'y a pas d'araignées géantes dans ton royaume !

— Qu'est-ce qu'une araignée ? murmura-t-il, la tête renversée en arrière tandis qu'il scrutait le plafond.

— Un corps rond avec des putains de pattes dégueulasses, haletai-je en regardant le plafond à mon tour.

Mon sang se figea dans mes veines tandis qu'une chose aussi grosse qu'une voiture sortit de l'ombre et se précipita sur le plafond rocheux au-dessus de nous, bien trop vite pour que je puisse voir de quoi il s'agissait, même avec ma vision guerrière.

— C'est une arachnide, dit Arès d'un ton soulagé qui m'étonna. Tu vas la battre facilement.

— *Je* vais la battre ? Tu veux dire *nous* ? *Nous* allons la battre ?

— Non. Cette fois, tu vas combattre seule.

— Pourquoi ?

— *Pour prouver que tu peux le faire,* me dit-il dans ma tête.

J'étais terrifiée et je levai la tête pour essayer d'apercevoir à nouveau la chose qui venait de passer. Elle avait disparu et je me tournai vers Arès, l'implorant du regard de ne pas me laisser seule.

— *Montre au monde de ce que je t'ai empêchée de faire à Érimos.*

Il ne me regardait pas, et personne ne pouvait se douter qu'il me parlait. Il m'offrait ce combat pour que je puisse prouver à l'Olympe qui j'étais. Je compris que c'était pour lui une manière de s'excuser.

Dans n'importe quelle autre circonstance, j'aurais été ravie. Touchée, même, par sa prévenance. Mais pourquoi fallait-il qu'il agisse ainsi au moment où l'ennemi était une putain d'araignée géante ?

J'ouvris la bouche pour le dire, mais ma fierté fut plus forte que ma peur et je réprimai mes paroles. Allais-je vraiment laisser passer l'occasion de montrer au monde entier de quel bois j'étais faite ? Je n'avais jamais reculé devant un défi. Bon... Certes, je n'avais jamais été défiée par une araignée géante avant, mais quand même ! J'allais enfin pouvoir montrer à Aphrodite que je n'étais pas aussi petite qu'elle le croyait. C'était aussi l'occasion de tester mes nouveaux pouvoirs. Et, cette fois, Arès allait me soutenir et ne serait pas contre moi.

L'occasion était trop belle. Je ne pouvais pas la laisser passer.

— À nous deux, arachnide ! sifflai-je, brandissant Ischyros.

QUATORZE

BELLA

Après tout, une arachnide n'est pas une vraie araignée, me dis-je alors que nous avancions dans l'obscurité.

C'était vrai : ce n'était rien de plus qu'un autre monstre comme il y en avait tant dans ce monde. Rien de bien terrible, donc...

— Est-ce qu'elle mord ?

— Non, elle pique.

— Tout ce qui est ici pique, murmurai-je avec ironie pour masquer mon angoisse.

— Maintenant que tu le dis, en effet...

Malgré mon ouïe développée, je n'entendais plus le bruit de pas, ce qui était presque pire. Je restai sur mes gardes. Si la chose restait immobile, peut-être s'apprêtait-elle à attaquer ? Je ratissai les murs et le plafond de la grotte mais, malgré ma vision guerrière, je ne vis l'énorme bestiole que lorsqu'elle fut devant moi. Trop tard.

Je brandis Ischyros devant moi juste à temps, et l'énorme chose noire recula en émettant un cri horrible.

Elle était vraiment aussi grande qu'une voiture. Et si, une arachnide était une vraie araignée ! En pire... La fourrure était remplacée par des écailles, et un dard gigantesque sortait de son derrière. Son corps révulsant reposait sur huit énormes pattes, qui cliquetaient lorsque la chose se déplaçait d'avant en arrière, et ses nombreux en forme de nid d'abeille clignaient, comme éblouis par la lueur dorée qui émanait de moi.

Prenant une profonde inspiration, je m'accroupis instinctivement. Je détestais les araignées. En fait, c'était une véritable phobie pour moi.

Je devais absolument la considérer comme autre chose qu'une araignée : c'était un monstre. Les araignées étaient dégoûtantes parce qu'elles rampaient partout, rapidement, pernicieusement... Or, cette créature était quelque chose d'entièrement différent. Elle appartenait à l'Olympe, était immense, et faisait du bruit en bougeant. Surtout, elle dégageait une odeur pestilentielle.

Repensant au conseil d'Arès, j'essayai de retrouver cette sensation du champ de bataille, tandis que l'arachnide et moi tournions en rond. Je percevais la faible lueur d'Arès dans mon champ de vision. Il était loin derrière moi mais se déplaçait avec nous. Sans prévenir, l'arachnide se retourna, me montrant son cul, et quelque chose jaillit de son dard, dans ma direction. Je fis un bond sur le côté et donnai un coup d'épée, mais je le regrettai immédiatement lorsque la chose s'accrocha au bout de ma lame. Je fronçai les sourcils en réalisant ce que c'était : une toile. Cette conne essayait de me couvrir de toiles d'araignées collantes.

Le cliquetis des pattes de l'araignée tripla de vitesse et elle revint vers moi. Tirant sur le point d'énergie sous mes côtes, je levai mon épée et me jetai en avant, essayant de passer sous son corps.

— *Utilise le pouvoir de la Guerre !*

La voix d'Arès résonna dans ma tête et alors que je me glissais sous la créature, je me concentrai pour retrouver la sensation du champ de bataille.

Au moment où j'arrivai sous le gros corps de l'araignée, le dard bougea à nouveau, se recroquevillant sur lui-même à quelques mètres de moi. Soudain, une vision de moi-même, en robe violette, montée sur un cheval blanc, et tenant un bouclier à la main, fit irruption dans mon esprit. Alors, la lueur dorée autour de moi s'intensifia et la toile jaillissant du dard rebondit sur ma barrière invisible. Cette première victoire me donna du courage. Rugissant, je me concentrai pour faire grandir Ischyros.

Rapidement, j'avais une immense épée à la main et je n'eus aucun mal à atteindre le ventre du monstre. La lame étant plus lourde, je renforçai mes muscles et je me sentis devenir plus grande, plus puissante, tandis que je continuai de donner des coups d'épée dans le corps de l'arachnide. Bientôt, ses pattes cédèrent, et je roulai sur le côté pour éviter son corps qui tomba lourdement au sol.

J'avais gagné !

— Bravo ! me félicita Arès, à voix haute.

Je regardai l'espace entre ma lame et Arès. L'épée était massive, presque aussi grande que moi. Je me concentrai pour la ramener à une taille normale, et je ne pus m'empêcher de sourire lorsqu'Ischyros commença à rapetisser.

— C'est vraiment génial, ce truc ! m'écriai-je.

Arès contourna l'arachnide morte et je vis dans ses yeux de grandes flammes qui dansaient et qui me donnèrent envie de me jeter dans ses bras.

— Ton arme n'est pas un jouet, Bella...

— Oui, bah tu admettras que c'est quand même assez génial comme truc ! répondis-je avec enthousiasme.

— Tu as l'air d'une petite fille...

— C'est vrai, et j'assume ! rétorquai-je en le regardant. J'ai envie de me battre encore !

Ou que tu me baises jusqu'à ce que tu me fasses crier.

La pensée jaillit dans mon esprit sans que je puisse l'en empêcher et je sentis mes joues devenir chaudes. Se battre et baiser. Je connaissais beaucoup de personnes, dans le monde des combats clandestins, qui faisaient le lien entre les deux, mais je n'avais jamais vraiment compris pourquoi. Jusqu'à maintenant, apparemment...

— On devrait continuer à avancer, déclara Arès.

Nous marchâmes pendant ce qui me sembla une éternité, l'adrénaline et l'envie de me battre maintenant ma lueur dorée, vive et chaude. Nous croisâmes les corps de nombreuses choses mortes, probablement tuées par les arachnides, mais rien de vivant ni de dangereux. Finalement, la grotte commença à se rétrécir, et avec un certain soulagement, j'aperçus une petite tache de lumière du jour au loin.

— Utilise ton bouclier à la sortie, grogna Arès.

— Oui, monsieur ! répondis-je avec ostentation.

Je le vis secouer légèrement la tête.

Lorsque nous sortîmes de la grotte puante, nous n'étions pas dans la forêt comme je m'y étais attendue, mais en plein milieu de ruines. L'étendue poussiéreuse de roche brisée craquait sous nos bottes, alors que nous avancions, le bruit résonnant dans le silence. Je tournai lentement sur moi-même, en examinant le paysage.

C'était une arène de combat – enfin, ce qu'il en restait... Les gradins, bordant l'un des côtés, s'étaient effondrés, révélant le dédale de pièces qui se trouvaient en dessous. De l'autre côté, ils étaient restés à peu près intacts, mais je n'aurais pas risqué de m'asseoir dessus... En face de la sortie de la grotte, les murs circulaires de l'arène s'étaient complètement désintégrés, et la végétation avait commencé à recouvrir l'arène, dont le sol était jonché de racines d'arbres à moitié sorties, comme des doigts noueux qui menaçaient de nous attraper.

Je déployai mes sens pour guetter la présence d'oxydes, mais je n'entendis aucun bourdonnement. En revanche, j'entendis autre chose. Comme une respiration lourde. Je frissonnai, comme si j'avais été plongée dans l'eau glacée : car j'avais l'absolue certitude que quelque chose d'horrible était sur le point de se produire.

— Arès ? Tu sens la même chose que moi ? chuchotai-je.

— Je crois que nous venons de trouver notre dragon.

QUINZE

ARÈS

Mon désir pour la femme qui brandissait son épée à mes côtés devenait si intense que je n'étais plus sûr de pouvoir le gérer. Surtout, j'étais maintenant certain que ce n'était pas seulement physique. L'idée qu'elle puisse être blessée faisait naître en moi une rage aveugle et la peur me prenait aux tripes. J'étais Arès, le dieu de la Guerre ! Je devais n'avoir peur de rien.

Je devais lui apprendre à utiliser ses pouvoirs. Je devais la rendre plus forte. La voir se battre et utiliser le pouvoir de la guerre était addictif. Son éclat était devenu une drogue dont je ne pouvais plus me passer. Son aura était unique ; aucun des autres dieux n'avait sa férocité, son énergie, et sa pureté...

Il m'en fallait plus.

Le bruit de la pierre qui craque et du bois qui grince attira mon attention. Ça venait de l'endroit où la forêt mortelle se déversait dans l'arène en ruines. Le bois des arbres bougeait, les racines noueuses se soulevaient. Puis, avec une grâce mortelle, une créature se transforma devant nous, révélant l'endroit où elle s'était si parfaitement camouflée.

Nous découvrîmes alors que le dragon était fait de bois, son corps long et sinueux comme celui d'un serpent rampant dans jusqu'au milieu de l'arène. Sa tête reptilienne avait une crinière de cornes acérées, et ses énormes mâchoires étaient garnies de dents féroces, pointant vers nous. Des yeux d'un vert vif brillaient sur les côtés de sa tête oscillante, et il déploya ses ailes en se cambrant. Des ailes faites de branches épaisses et de feuilles en écailles.

Cette créature était terrifiante, mais magnifique.

— Oh mon dieu, c'est stupéfiant, murmura Bella, l'air impressionné.

— Merci du compliment, dit le dragon.

Bella poussa un petit cri de surprise.

— Quoi ? Ce n'est pas moi que tu cherchais, peut-être ? ironisa la bête.

— Comment t'appelles-tu ? demandai-je.

— Et vous ? répondit-il.

Une intelligence féroce brillait dans ses yeux, et je sus que le combat s'annonçait difficile. Les dragons avaient la réputation d'être des sages ; de toute évidence, celui-ci en était un.

— Je suis Arès, dieu de la Guerre, et voici Ényo, déesse de la Guerre, déclarai-je.

Un frisson me parcourut alors que je prononçai le véritable nom de Bella. Selon l'âge qu'avait cette bête, il se pouvait qu'elle en sache davantage sur Bella que ce que j'aurais voulu. Mais s'il était celui que je soupçonnais, il ne servirait à rien de lui mentir.

Le dragon balançait sa tête d'un côté et de l'autre en nous observant. Il était massif, son corps enroulé remplissant la moitié de l'arène en ruines. Ses écailles, semblables à de l'écorce d'arbre, formaient des anneaux qui s'enroulaient sur toute sa longueur, chacune étant au moins aussi grande que ma poitrine.

— Enchanté. Je suis Dentro !

Mon estomac se noua alors que mes pires soupçons se conformaient.

— J'ai entendu parler de toi, dis-je. Tu es vraiment très ancien...

— Bien plus ancien que toi, petit Olympien, en effet...

La colère m'envahit, et je puisai sans réfléchir dans les pouvoirs de Bella. Elle ne résista pas.

— Les petits Olympiens dirigent le monde, Dentro, dis-je à voix haute.

Les lèvres de la créature se retroussèrent en une sorte de sourire, et il gloussa.

— Je t'en prie... Ton père et ses deux frères dirigent le monde. Toi, tu n'as même pas été capable de garder tes pouvoirs. Comment pourrais-tu diriger quoi que ce soit ?

— Au moins, je ne passe pas mon temps tapi dans la forêt, grognai-je.

Ancien ou pas, il était hors de question que je laisse un animal se moquer de moi.

— Tu es tout aussi prisonnier de ta situation que moi, petit dieu.

— Je ne suis prisonnier de rien !

— Bien sûr que si, Arès. Tu es prisonnier de tous ceux qui sont plus forts que toi. Tu es prisonnier de ta fierté. Tu es prisonnier de ta peur.

Il siffla le dernier mot et la rage m'envahit.

— Je n'ai peur de rien ! tonnai-je.

Les pouvoirs de Bella, *mes* pouvoirs, m'appelaient alors que la rage débordait de moi, et elle me laissa les prendre.

En une seconde, je devins immense, et je me dirigeai vers Dentro.

J'entendis un rugissement derrière moi, et en un éclair, Bella courut à mes côtés, le visage féroce et la peau aussi dorée que mon armure. Son pouvoir était aveuglant, dévorant, et elle noyait tout le reste. C'était la guerre et, ensemble, nous allions gagner.

SEIZE

Le mélange de peur et d'excitation que je ressentis alors que nous foncions vers le dragon était enivrant.

Dentro était la chose la plus incroyable que j'avais jamais vue. Jamais je n'aurais été capable d'imaginer une chose pareille. Son corps de serpent était fait d'une longue spirale d'écorce d'arbre marron qui se déplaçait sans interruption lorsqu'il se cabrait. Des touffes de mousse d'un vert profond étaient logées entre les rangées d'écailles, et je ne savais pas si elles poussaient sur son corps ou si elles s'y étaient collées. Ses ailes se déployèrent derrière lui et mes sens déployés donnèrent vie à la substance verte entre les os de l'écorce, veinée comme des feuilles et de couleur vive. Les cornes autour de sa tête semblaient s'allonger, et de grandes pointes qui ressemblaient à des brins d'herbe tranchants s'étendaient entre elles.

Il était la nature personnifiée, dans sa version la plus mortelle.

— Que cherchez-vous ?

Sa voix résonna dans l'arène abandonnée, mais sa

bouche n'avait pas bougé. Arès et moi nous séparâmes : lui courut vers la gauche et moi vers la droite. J'avais un plan, et je savais qu'Arès avait le même que le mien car le cordon invisible qui nous reliait bourdonnait de vie. De toute évidence, la puissance circulait entre nous.

Comme nous ne répondions pas, Dentro reprit la parole.

— Vous allez me répondre ?!

Le sol sous nos pieds trembla si fort que je trébuchai. En tombant à genoux, je réussis tout juste à m'accrocher à Ischyros et lorsque je commençai à me relever, l'énorme corps en bois du dragon se précipita vers moi. J'essayai de bouger, la vision guerrière se déclenchant instinctivement et le monde ralentissant autour de moi. Mais ce n'était pas assez lent. L'énorme queue de Dentro s'enroula autour de mon ventre avant que je ne parvienne à me relever complètement, et je le frappai frénétiquement avec mon épée. J'essayai de lever mon bouclier pour l'éloigner de moi, mais il resserra sa prise, et le bouclier était inutile. Le bois grossier de ses écailles griffait douloureusement ma peau et, soudain, je fus soulevée de terre. À toute vitesse, il me transporta et j'eus l'impression de voler, m'arrêtant net devant sa gueule béante.

— Maintenant, tu vas me le dire, Ényo. Que cherches-tu ?

— Dentro ! cria Arès quelque part en dessous de moi.

Mais la queue qui m'entourait était trop grosse pour que je puisse le voir, et seul mon bras au bout duquel je tenais Ischyros pouvait bouger. J'abattis mon arme à plusieurs reprises contre les écailles en bois, mais je savais que cela ne servait à rien. Dentro était bien trop épais pour sentir quoi que ce soit.

— Comme tu es nouvelle dans ce monde, je vais te confier un petit secret...

La voix du dragon était profonde et séduisante alors qu'il me soulevait pour me regarder directement dans l'un de ses yeux verts et brillants.

— Je suis même plus vieux que certains des Titans. Ta petite lame ne peut rien contre moi. Maintenant, dis-moi ce que tu cherches !

— Des écailles, aboyai-je, tout en continuant de le frapper, refusant de céder à ses menaces.

— *Mes* écailles ?

Le dragon sembla amusé.

— Oui.

— Par tous les dieux ! Pourquoi vouloir mes écailles ?

— C'est ce que nous a demandé le roi de ce royaume, Panique.

Quelque chose de sombre brilla dans les yeux de Dentro, et j'arrêtai de le frapper avec mon épée le temps de reprendre mon souffle.

— Ce porc pense qu'il peut m'utiliser comme un jouet dans ses jeux minables, n'est-ce pas ? Pourquoi avez-vous accepté son défi ?

— Pour capturer un démon de l'enfer en fuite et sauver mon ami.

— Intéressant... C'est vrai ?

Il me balança violemment sur le côté et bougea rapidement sa tête, l'amenant presque au sol devant Arès. Le dieu avait l'air furieux.

— Oui ! Libère-la !

Il mesurait au moins trois mètres de haut, et son épée était aussi grande que lui.

— Hors de question. En revanche, comme vous êtes ici pour une cause vraiment noble, je vais vous offrir une opportunité. De combien de mes écailles avez-vous besoin ?

— Trois, répondis-je en me forçant à ne pas l'insulter.

Je continuais de me débattre, griffant ma peau contre ses écailles. Mais je refusai d'arrêter.

— Je vais vous les donner. Mais, pour cela, je veux que vous obteniez quelque chose pour moi...

— Nous ne sommes pas des marionnettes ! rugit Arès.

Le dragon rit, et le sol trembla à nouveau. Les ruines craquèrent et des pierres s'écroulèrent bruyamment.

— Alors je vais vous tuer tous les deux.

— Tu ne peux pas nous tuer, nous sommes immortels ! rétorquai-je en plantant à nouveau Ischyros contre lui avec une vigueur renouvelée, ignorant les lacérations sur ma peau.

— Non, vous ne l'êtes pas. Pas tant que vous partagez ces étranges pouvoirs qui sont les vôtres.

Je me figeai.

— Quoi ?

— Je suis un ancien. Je peux voir le lien qui vous unit. Et seul l'un d'entre vous peut être un vrai dieu – l'autre n'est qu'un humain. Pour que l'un soit immortel, l'autre doit mourir.

Une sueur froide coula le long de ma colonne vertébrale. Je savais qu'il disait la vérité. La preuve : nous avions failli nous noyer. Arès avait dû renoncer au pouvoir de respirer sous l'eau pour moi. Mais j'avais espéré qu'en devenant plus forte, j'aurais assez de pouvoirs pour nous deux. Que nous pourrions être tous les deux immortels.

Je plongeai mon regard dans celui d'Arès, oubliant momentanément mes attaques avec Ischyros.

Je voyais dans ses yeux qu'Arès savait lui aussi que ce

qu'avait dit le dragon était vrai. Peut-être même qu'il l'avait toujours su…

— Que veux-tu que nous fassions ? demanda Arès, la voix forte et fière.

Il ne montrait rien de l'agitation que je ressentais. Seul l'un d'entre nous pouvait être fort. Comme lors de notre première rencontre, sur Terre, et qu'il avait voulu me tuer pour prendre mes pouvoirs. Mais les choses étaient différentes maintenant. *Il* était différent maintenant. C'était en tout cas ce que je voulais croire…

— Est-ce que Panique nous regarde ?

— Le monde nous regarde.

Dentro se redressa, me soulevant avec lui, puis courba son cou serpentin en une révérence feinte.

— Bonjour, Olympe ! claironna-t-il, révélant ses dents terrifiantes. Je crains que cette conversation ne doive rester privée.

Le bruit des branches qui craquent emplit soudain l'air, et ma bouche s'ouvrit lorsque la forêt se mit à se former autour de nous, nous enveloppant dans une énorme bulle faite de feuilles.

— Ce que je suis sur le point de vous révéler est un secret. Je ne devrais pas le dire mais j'ai passé trop longtemps à être l'esclave d'un autre. Je suis prêt à briser mon serment de dragon, et j'espère que vous aurez suffisamment d'honneur pour ne pas me le faire regretter.

Dentro se rabattit sur le sol, m'entraînant avec lui, et à ma grande surprise, me libéra. Enfin je pouvais respirer, soulagée. Arès s'approcha puis s'arrêta, presque comme s'il n'en avait pas eu l'intention.

— Guéris tes blessures, grogna-t-il.

Je baissai les yeux vers les taches de sang qui s'écoulaient des nombreuses coupures causées par l'écorce, mais je me concentrai plutôt sur Dentro.

— De qui es-tu l'esclave ? De Panique ? demandai-je au dragon.

Ses énormes yeux verts s'emplirent de colère.

— Lorsque les Titans ont créé des êtres aussi puissants que les dragons, ils devaient s'assurer que nous pouvions être contrôlés. Panique détient quelque chose qui m'appartient et qui lui permet de me garder ici, dans sa forêt, pour effrayer les gens et se donner l'air plus puissant. Il a fait de moi son animal de compagnie mortel. Or, tant qu'il a cette chose, je ne peux pas partir d'ici. Je suis piégé. Je suis son prisonnier.

— De quoi s'agit-il ?

Dentro baissa la tête, et je brandis mon arme pour me défendre alors que sa bouche massive et béante se rapprochait de nous. Mais il ne fit que parler.

— Il a volé ma dent, dit-il.

Je réalisai qu'il nous montrait l'espace entre la rangée de dents brillantes et tranchantes comme des rasoirs, et je baissai mon bras armé.

— Et c'est avec ça qu'il te retient prisonnier ?

Pour la première fois depuis que je l'avais rencontré, Arès eut l'air surpris.

— Oui. Les dents ou – un peu plus désagréable – les yeux, permettent de nous garder captifs. Toute personne qui réussit à prendre l'un ou l'autre à un dragon peut lui imposer sa volonté, jusqu'à l'emprisonner.

— Peut-il te forcer à faire des choses que tu ne veux pas faire ?

— Non, sauf s'il a toutes mes dents. Mais je suis trop fort pour cela. Mais, attention : vous devez jurer de ne jamais répéter ce que je viens de vous révéler. La survie de mon espèce en dépend !

— Je le jure, dis-je sans hésiter.

Dentro et moi regardâmes Arès alors qu'il gardait le silence.

— Je suis obligé de dire ce genre de choses à mon père, dit-il lentement.

Dentro ricana.

— Zeus le sait depuis longtemps ! Comment penses-tu qu'il a gardé le plus puissant dragon du monde, Ladon, sous son contrôle pendant si longtemps ?

Arès resta immobile un moment, puis hocha la tête.

— Bien. Je le jure.

— Parfait ! Alors voilà ce que j'attends de vous : prenez ma dent à Panique, et rendez-la-moi. Libérez-moi de cet endroit morbide.

— La prendre à Panique ? Comment ? demandai-je en arquant les sourcils.

— Je ne sais pas. Mais comme vous êtes les êtres les plus puissants que j'ai rencontrés depuis des siècles, vous êtes mon meilleur, et probablement mon seul, espoir.

Je ne savais pas si c'était le ton profond et sérieux de sa voix, ou l'intelligence dans son regard, mais je lui fis confiance. Je voulais l'aider. Personne ne méritait d'être retenu prisonnier. Les jours sombres que j'avais passés en prison défilèrent dans mon esprit, et je me tournai vers Arès. La voix du dieu résonna dans ma tête.

— *Peut-être est-il en train d'essayer de nous tromper. Les dragons sont connus pour leur capacité à manipuler.*

— *Je l'aime bien*, répondis-je mentalement. *Je pense que nous devrions l'aider.*

— *L'amour ou l'affection n'ont rien à voir là-dedans...*

— *Si, au contraire !*

Avant qu'Arès ne puisse me répondre, je parlai à voix haute.

— On va le faire !

Les yeux de Dentro s'illuminèrent et sa queue se balança contre la bulle de feuilles.

— Vous gagnerez ma gratitude éternelle si vous réussissez.

Arès grogna à côté de moi. Je l'avais définitivement énervé en répondant pour nous deux. Mais je m'en fichais. C'était la bonne chose à faire, je le savais.

— Comment doit-on faire pour récupérer ta dent ? Je suppose que si elle était cachée dans la forêt, tu l'aurais déjà trouvée toi-même.

— Je crois que Panique a une salle des trophées dans son château. Je pense que ma dent s'y trouve.

— Nous ne pouvons pas quitter cette forêt sans tes écailles.

Dentro fit une pause, puis fixa ses yeux sur moi.

— Je vais vous laisser prendre mes écailles. Mais vous devez promettre de revenir avec ma dent dès que vous le pourrez.

— Pourquoi nous fais-tu confiance ? demandai-je en penchant la tête.

Dentro me fixa et je sentis sa magie. Il ne l'utilisait pas contre moi, en jouant avec mon esprit ou en me forçant à ressentir quelque chose de faux. Non, c'était plutôt comme une aura – une fenêtre sur son âme. Il était la personnification de la nature, sauvage, libre, féroce, brillante, et forte. En étant piégé dans une forêt sombre et sans vie, son essence s'éteignait en même temps que son espoir.

— Je n'ai pas d'autre choix que de vous faire confiance, dit-il posément.

Curieusement, j'eus l'impression que lui et moi avions quelque chose en commun. Je le comprenais ; je ressentais sa douleur. J'étais déterminée à le libérer, quel qu'en soit le prix à payer. Je devais le faire. Instinctivement, je levai la main, et sa queue massive se mit à tournoyer, ralentissant pour s'arrêter à quelques centimètres de mes doigts.

— On va chercher ta dent, dis-je.

— Merci.

Sa queue rugueuse rencontra ma main, et je sentis un éclat d'espoir se répandre en moi, puis un picotement chaud dans ma peau alors que les coupures qui me couvraient guérissaient instantanément.

D'une certaine manière, je venais de me lier d'amitié avec un dragon ancien et tout-puissant.

Décidément, j'adorai l'Olympe !

DIX-SEPT

Lorsque Dentro eut dissous la bulle de feuilles qui nous cachait du reste de l'Olympe, je serrai contre moi les trois écailles qu'il m'avait permis d'arracher doucement de sa queue. Nous jetant un dernier coup d'œil, la magnifique créature quitta l'arène et retourna se fondre dans la forêt. En le regardant partir, je ressentis quelque chose – comme une sorte d'excitation, de hâte, ou peut-être les deux. Arès était à côté de moi, et je sentais sa colère déferler sur lui par vagues. Pourtant, si je n'avais absolument aucune idée de la façon dont nous allions mettre la main sur la dent de Dentro, je savais que j'avais fait le bon choix. Ce que j'avais ressenti face au dragon était plus que de l'admiration ou du respect. Il méritait d'être libre.

Mais la tâche s'annonçait difficile... Tout l'Olympe nous avait évidemment vus disparaître dans la bulle de feuilles formée par le dragon, et il était évident que tout le monde avait vu que nous n'avions pas combattu et vaincu la créature. Je pris une profonde inspiration, me préparant à parler à Arès, pour que nous puissions élaborer une version avant de devoir affronter les seigneurs.

— *Que devons-nous dire à Panique ?* lui demandai-je en pensée, faisant de mon mieux pour rester impassible.

— *C'est ton problème. Tu t'en occupes !* répondit-il en grognant.

Je le regardai dans les yeux et mon estomac se noua quand je vis à quel point les siens étaient sombres.

— D'accord, dis-je, en serrant mes bras autour des écailles lourdes et tranchantes. Panique, nous avons les écailles ! clamai-je en regardant vers le haut.

— Je vois ça ! résonna la voix du seigneur dans l'arène en ruines. Félicitations. J'ai hâte d'entendre comment vous avez réussi cet exploit, lors du bal organisé en votre honneur, ce soir. Tu peux poser les écailles au sol, Bella, me dit-il avec une voix dégoulinante de bienveillance.

Je me penchai et fis ce qu'il demandait. À la seconde où je les lâchai, tout devint blanc et nous quittâmes Skotadi.

J'expirai de soulagement en regardant autour de moi la minuscule cabine en bois avec les affreux canapés.

— Si le bal organisé par Panique se déroule dans son château, c'est l'occasion rêvée de trouver la dent ! dis-je avec enthousiasme, en me tournant vers Arès.

Je faillis reculer d'un pas lorsqu'il retira son casque, tant son expression était féroce.

— Tu es imprudente, stupide, et égoïste !

— Quoi ?

— Nous ne sommes pas ici pour faire amis-amis avec des dragons assez bêtes pour se laisser piéger ! Nous sommes censés récupérer mes pouvoirs !

L'indignation m'envahit et je m'approchai de lui, tout aussi furieuse.

— Non, nous sommes censés capturer le démon de Kères et sauver les gardiens. Ton Trident de pouvoir était un bonus supplémentaire, si je me souviens bien ! Et puis, de toute façon, accepter le marché de Dentro était la meilleure chose à faire.

— Quel que soit le but de notre quête, ça n'a rien à voir avec ce fichu dragon !

— Comment aurions-nous pu gagner cette épreuve autrement ? Dentro pouvait me tuer d'un seul coup de griffe ! Il était bien trop fort pour qu'on ait la moindre chance de le battre, tu le sais aussi bien que moi. Panique aussi, c'est pour ça qu'il nous a envoyés là-bas !

Arès tapa du pied et des flammes jaillirent dans ses yeux alors que je sentais un tiraillement dans mon ventre. Je me rapprochai de lui, comme attirée inexorablement vers lui malgré sa fureur.

— Nous aurions pu le vaincre ! On peut vaincre n'importe quel ennemi !

— Écoute-moi bien, monsieur « je sais tout » : il a failli me tuer. Un coup de pression, et j'étais fichue. Panique savait que nous n'avions aucune chance. Pourtant, nous avons réussi ! Alors profite au lieu de faire la gueule !

Un tambour se mit à battre dans mes oreilles tandis qu'Arès s'approcha un peu plus de moi.

— Il ne t'aurait pas tuée. Tu es immortelle ! rugit-il, des flammes jaillissant dans ses yeux.

— Alors c'est toi qu'il aurait tué. Un seul d'entre nous est immortel, tu te souviens ?

Mon souffle était court. Mon cœur battait à toute allure. Il était tellement beau... C'était presque irréel.

— Nous devons remporter la prochaine épreuve, et

récupérer ton ami et mes pouvoirs. Nous n'avons pas le temps d'aider le dragon.

Ses mots me firent l'effet d'un seau d'eau glacée jeté sur mon cœur bouillant.

— Quoi ? Non ! On récupère la dent de Dentro. Maintenant. Ce soir. Pendant le bal !

— Bella, on ne va pas risquer de provoquer la colère des seigneurs avant la fin de ces épreuves !

La fureur s'empara de moi avec violence, et je fis trois pas en arrière avant même de réaliser que j'avais bougé.

— J'ai donné ma parole à Dentro, putain ! Il est hors de question que je ne la tienne pas ! Pfff... « Ne pas provoquer la colère des seigneurs ». Quoi ? Tu as peur d'eux ?

Je savais que cette question le mettrait en colère, et j'avais raison. Son corps entier se gonfla de rage, mais lorsqu'il essaya de tirer sur mes pouvoirs, je l'en empêchai. Sa lueur diminua, et son visage s'assombrit davantage.

— Ce ne sont pas les seigneurs que je crains, siffla-t-il.

Même sans pouvoirs, il était menaçant et je reculai.

— Alors pourquoi ne te réjouis-tu pas de cette victoire ? Nous avons gagné cette épreuve, putain ! Pourquoi ne te délectes-tu pas de l'opportunité de prendre à ce connard quelque chose qu'il apprécie, de rendre à une créature sa pleine puissance, de faire du bien, pour une fois ?

— Parce que nous n'en connaissons pas le prix ! me répondit-il en rugissant.

— Et alors ? Tu es un dieu, je te rappelle ! Que peuvent-ils te prendre ? Tu as déjà perdu tes pouvoirs, et les seigneurs ne peuvent pas te tuer – jamais les Olympiens ne les laisseraient faire. Alors qu'est-ce que tu risques ?

— Toi !

Interloquée, je le regardai en clignant des yeux, fixant les flammes dans ses yeux qui brillaient d'une émotion intense.

— Moi ?

— Oui... Toi.

Sa voix était rauque, comme s'il avait arraché le mot du fond de sa gorge. Mon pouls s'accéléra, tandis qu'un sentiment d'espoir que je n'avais jamais connu envahit ma poitrine.

— Arès... Qu'est-ce que tu veux ? murmurai-je, la gorge nouée.

J'espérai plus que tout au monde qu'il réponse « toi ». Je voulais qu'il dise qu'il avait peur de me perdre. Que ce qu'il y avait entre nous était plus que physique, que ce n'était pas juste mon imagination qui s'emballait. Ses lèvres s'ouvrirent et je retins mon souffle. *Dis-moi que tu me désires autant que je te désire...*

— Toc toc ?

Je faillis sursauter lorsque la voix d'Éris résonna dans la pièce, avant qu'elle n'apparaisse dans un flash lumineux. Déçue que ce moment ait été interrompue, j'entendis Arès grogner de colère alors que je me concentrais sur la déesse du Chaos. Elle écarquilla les yeux et porta ses mains à ses lèvres en simulant la gêne.

— Oh non, par tous les dieux ! J'ai interrompu quelque chose ! Je suis vraiment désolée, mes chéris.

Son sourire barrait son visage, et je la regardai en arquant les sourcils, mi-amusée, mi-agacée, essayant de calmer mon cœur qui tambourinait dans ma poitrine. Les cheveux bouclés d'Éris étaient noués dans un chignon encore plus haut que d'habitude, et elle portait une longue robe noire à paillettes, tellement moulante qu'elle contenait à peine son énorme poitrine.

— Tu es très jolie, la complimentai-je, cherchant à dire quelque chose de normal pour dissiper le malaise qui régnait entre nous trois.

— Merci, ma chérie. D'ailleurs, je suis venue pour t'aider à te préparer... Tous les dieux seront au bal et, même si j'adore ton look, je me suis dit que tu pourrais faire un peu mieux cette fois.

— Ah... Merci !

— Je croyais que tu te cachais, grogna Arès.

— Je me cachais, en effet. Mais je ne me cache plus ! répondit-elle d'un ton désinvolte.

Incapable de rester immobile, je me dirigeai vers le lit ou je laissai tomber mon épée, et me mis à retirer distraitement les morceaux de brindilles et les feuilles qui s'étaient immiscées dans mes cheveux. Des vagues d'émotions me traversaient, le désir et la colère se transformant en quelque chose de difficile à contenir. J'étais furieuse qu'Arès ne veuille pas aider Dentro, mais si la raison était vraiment qu'il avait peur pour moi... Personne n'avait jamais eu peur pour moi, avant. Joshua s'était inquiété pour moi. Mais avait-il eu *peur* ? Je ne le pensai pas.

Chassant mes pensées, j'essayai de déterminer ce que j'allais faire ensuite.

Quelles que soient les motivations d'Arès pour ne pas aider le dragon, j'allais avoir cette dent. Ça, j'en étais sûre. Et tant qu'Éris était là, je savais que j'allais pouvoir compter sur elle pour y arriver.

— Tu sais où aura lieu le bal ? lui demandai-je, croisant les doigts pour qu'elle me réponde « au château de Panique ».

— Ici à Dasos je crois ; le royaume de Terreur n'est pas adapté aux bals.

Réprimant l'envie d'en demander plus sur le royaume de Terreur, je hochai la tête.

— J'espère que ce ne sera pas dans cet endroit décrépit et plein de courants d'air où nous étions tout à l'heure quand il a annoncé l'épreuve.

— J'en doute. Panique va vouloir impressionner les dieux.

Excellent !

Il y eut un nuage de lumière bleue et Zeeva apparut sur le lit devant moi. Je sursautai et fermai les poings en réalisant que c'était elle.

— J'aimerais que tout le monde arrête de faire ça ! grognai-je.

Zeeva fit claquer sa queue en regardant Éris, puis porta son regard en amande sur moi.

— *Quel marché as-tu passé avec le dragon ?* me demanda-t-elle sans détour, sa voix claire comme du cristal résonnant dans ma tête.

— Je suis moi aussi très heureuse de te voir saine et sauve, répondis-je en levant les yeux au ciel.

— *Tu es entrée captive dans la bulle de feuilles de ce monstre, et tu en es sortie libre et gagnante. Tu lui as donc offert quelque chose en échange de ses écailles. Qu'est-ce que c'est ?*

— Je suis moi aussi curieuse de le savoir, sourit Éris, en s'asseyant gracieusement sur le canapé couleur pêche.

— Et arrête d'écouter les conversations des autres !

— Je suis désolée... Je ne peux pas m'en empêcher.

— Bella a accepté de voler un objet de valeur au château de Panique pour le dragon, répondit Arès.

Je le regardai avec surprise. Il n'avait plus l'air en colère. En fait, il avait même l'air fier.

— Et nous allons le faire ce soir, au bal, avec votre aide à toutes les deux.

Je restai bouchée bée, mon regard planté sur lui. Lorsqu'Éris prit la parole, il me regarda à son tour.

— J'adore voler ! Ça me donne l'impression de retomber en enfance !

— Je sais, ma sœur. Et ton aide nous sera précieuse.

— Et qu'est-ce que j'aurai quelque chose en retour, petit frère ?

— Que veux-tu ?

— Laisse-moi y réfléchir..., ronronna-t-elle.

— Bien. Tu me diras quand tu auras trouvé !

Puis il se tourna vers Zeeva.

— Et toi, le chat ?

— Voler ne fait pas partie de mes prérogatives, répondit Zeeva d'un ton hautain.

— Mais aider Bella, si ! Et nous n'avons gagné cette épreuve que parce qu'elle a conclu ce marché, ajouta-t-il en me regardant à nouveau dans les yeux.

Était-ce une autre manière pour lui de s'excuser ? Il venait d'admettre à voix haute que, sans ma décision, nous aurions perdu contre Dentro.

— Je ferai ce que je peux pour vous aider, si cela ne compromet pas ma moralité, soupira Zeeva.

— Merci, lui dis-je.

— *Tu as changé d'avis ?*

Je projetai les mots en silence dans l'esprit d'Arès.

— *Ma colère était mal placée. Je n'aime pas rencontrer des êtres plus forts que moi*, répondit-il.

— *Moi non plus.*

— *Je vais m'efforcer de prendre plaisir à contrarier Panique en le volant. Tu avais raison. Ce sera une sorte de victoire.*

— *Tu peux répéter ?*

— *Répéter quoi ?*

— *La partie où tu dis que j'ai raison.*

DIX-HUIT

BELLA

— Okay. Voilà comment nous allons procéder…

Nous nous assîmes tous sur les canapés moelleux, en écoutant Éris.

— Zeeva. Si tu ne veux pas être impliquée dans un vol, alors nous pourrions avoir besoin de toi maintenant. Panique serait immédiatement au courant si l'un de nous trois pénétrait dans son château, dit-elle en nous regardant, Arès et moi, car nous partageons son pouvoir. Mais toi, Zeeva, tu peux tout à fait y entrer sans être remarquée. Vas-y maintenant, et cherche où se trouvent ses trophées et ses objets de valeur.

Zeeva nous regarda avec dédain, puis finit par se lever et s'étirer.

— Je dois pouvoir y arriver, dit-elle.

Puis il disparut dans un nuage de lumière bleue.

— Vous deux, dit Éris, un sourire se dessinant sur ses lèvres tandis que son regard passait d'Arès à moi. Il va vous falloir une raison crédible pour disparaître de la fête, déclara-t-elle, les yeux brillant de malice. Vous allez donc devoir faire comme si vous vouliez vous retrouver seuls. D'après le baiser que tout l'Olympe a vu, je suppose que ça ne sera pas trop difficile, ni pour l'un, ni pour l'autre...

Je me sentis rougir et évitai de regarder Arès.

— Je prends ça comme un non ! dit-elle en riant. Bon, moi, pendant ce temps, je ferai de mon mieux pour distraire Panique, et croyez-moi, j'ai déjà pas mal d'idées... Mais ensuite, ce sera à vous de voler la dent. C'est grave si vous vous faites prendre ? demanda-t-elle à son frère.

— Panique ne peut rien contre moi, répondit-il en se redressant. Je suis son chef.

— Ce qu'il faut surtout, c'est que nous puissions sortir la dent du château et la mettre en sécurité, intervins-je. Sans que personne ne le remarque, évidemment.

Je regardai Arès avec insistance. Nous avions juré de garder le secret sur ce que nous avions appris, et cela signifiait que nous devions éviter que des questions soient posées publiquement.

— Okay. Il est probable que vous ne puissiez pas vous téléporter si vous êtes dans une chambre forte ou un endroit sécurisé. Vous devrez donc trouver un moyen discret de sortir de la pièce... Ça ira ? me demanda Éris en me regardant d'un air inquiet.

Je hochai la tête.

— Pas de problème !

— Tant mieux ! On devrait commencer à te préparer, dit-elle en se levant brusquement.

Puis elle fit tournoyer sa main et une boule de tissu apparut, grandissant au fur et à mesure qu'elle tournait. C'était le même violet que la robe que je portais dans ma vision, celle où je me voyais sur un champ de bataille.

— Que dois-je faire ? lui demandai-je.

— Commence par enlever toute cette merde de tes

cheveux, et va prendre une douche, m'ordonna-t-elle joyeusement.

Après ma douche, lorsque j'entrai dans la pièce principale de la petite maison en bois, enveloppée d'une serviette, je découvris Zeeva recroquevillée sur le lit.

— Comment ça s'est passé ? lui demandai-je, excitée de découvrir ce qu'elle avait appris.

— La salle des trophées de Panique se trouve en haut de la troisième tour du château. La plus petite, du côté nord-est. Il faudra faire attention car l'escalier est truffé de pièges et un moment d'inattention pourrait t'envoyer tout droit dans une oubliette pleine d'oxydes. La porte de la pièce ne peut être franchie que par quelqu'un qui possède le pouvoir de panique. Et les trophées à l'intérieur sont enfermés dans des vitrines en verre incassable.

Je sentis mon visage se décomposer à mesure qu'elle parlait, chaque phrase étant pire que la précédente.

— Ça ira, dit Arès, la voix pleine de confiance.

Je le regardai avec surprise. Je m'étais attendue à ce qu'il me dise tout le contraire ; que c'était perdu d'avance.

Il ne portait pas son armure, et mon regard s'arrêta sur le col ouvert de sa chemise.

— Nous possédons le pouvoir de Panique, c'est le même qui alimente le pouvoir de la guerre.

— Et l'escalier ?

— Nous ferons attention. Il suffit d'être plus malins que lui.

Ses yeux brillaient d'excitation, et je sentis mon estomac palpiter.

— Et le verre incassable ?

— Il n'y a rien que le dieu de la Guerre ne puisse briser. Fais-moi confiance.

L'expression de son visage me donna des frissons. Je savais, fondamentalement, que je n'aurais pas dû être excitée par un homme qui me faisait une démonstration de force, mais c'était plus fort que moi. Si j'avais porté une culotte, à ce moment-là, elle aurait certainement fondu, tant la chaleur qui se dégageait de moi était forte. Arès posa son regard sur mes épaules nues, avant de revenir sur mon visage, tandis que je passai doucement ma langue sur mes lèvres. Je ne l'avais jamais vu comme ça, sauf après le combat contre l'Hydre, et son énergie était contagieuse. Son enthousiasme et sa force me nourrissaient.

— Arès, pars, s'il te plaît. Je dois habiller Bella. Et vu la façon dont vous vous regardez, je préfère que tu ne sois pas là quand elle fera tomber cette serviette. Et puis tu es mon frère, mince ! C'est répugnant !

Je sentis mes joues rougir alors qu'Arès se dirigeait vers la porte.

— Bien. Je serai de retour dans trente minutes.

Lorsqu'il claqua la porte derrière lui, je connectai mon esprit au sien, incapable de m'en empêcher.

— *J'aurais laissé tomber la serviette pour toi. Si nous avions été seuls.*

Je ne pensais pas qu'il me répondrait et je laissai presque échapper un gémissement lorsque sa voix rauque envahit ma tête une seconde plus tard.

— *Je te l'aurais arrachée avec mes dents.*

Pendant qu'Éris enroulait des bouts de tissu autour de mon corps, créa une jupe, et me coiffa, je ne pensai qu'à une chose : Arès. Nu. Le désir m'empêchait de me concentrer sur la mission périlleuse que nous nous étions fixée, uniquement absorbée par le souvenir des deux baisers que nous avions échangés.

J'aurais voulu continuer à lui parler dans mon esprit, mais sa réponse avait été si passionnée, si inattendue, et si excitante, que je m'y accrochai, la répétant en boucle dans ma tête.

— *Je ne sais pas pourquoi Arès ne dit pas simplement à Panique de lui donner ce qu'il veut. Il est son chef, après tout.*

Zeeva parlait d'un ton distrait, mais je savais qu'il cachait quelque chose.

— Personne dans ce royaume n'est honnête, surtout pas les seigneurs, dit Éris. Panique mentirait et prétendrait qu'il ne l'a pas. Or, Arès n'est pas assez fort, en ce moment, pour le défier.

— Et si je lui donnais ma force ? proposai-je.

— Non. Tu es probablement au même niveau de puissance que les Seigneurs pour l'instant. S'il avait ses pouvoirs, Arès serait bien plus fort.

— Oh... Les Seigneurs sont-ils immortels ?

— Non. Enfin... Eux peuvent mourir, mais pas leurs pouvoirs. S'ils meurent, leurs pouvoirs reviendraient à Arès, jusqu'à ce qu'il les confère à quelqu'un d'autre.

Je ressentis une pointe de panique.

— C'est ce qui arriverait aussi si je venais à mourir ?

— Oui.

C'est pour ça qu'Arès avait initialement prévu de me tuer, pensai-je en frissonnant.

— Pourquoi Arès n'a pas essayé de les tuer et de récupérer leurs pouvoirs quand le sien a été volé ?

— Tu devrais le lui demander. Mais c'est lui qui a choisi de conférer la Douleur, la Panique et la Terreur à d'autres âmes. Ce ne sont pas des pouvoirs qui l'intéressent. Et puis, avant que tu ne sois là, il était trop faible pour les combattre de toute façon.

Je jetai un coup d'œil à Éris par-dessus mon épaule, tandis qu'elle était en train de me mettre un collier ras du cou.

— Est-ce qu'Arès m'a conféré mon pouvoir, comme aux seigneurs ?

— Bella, honnêtement, je n'ai aucune idée d'où tu viens. J'ai cru le savoir pendant un moment, mais je me suis trompée.

Zeeva bâilla ostensiblement, et nous la regardâmes toutes deux avec curiosité.

— Ma maîtresse le sait...

— Quoi ? Mais dis-moi ! la pressai-je.

— Je ne peux pas. Elle dit que tu dois le découvrir par toi-même.

Frustrée, je serrai les poings et les dents.

— Pourquoi me dire ça, alors ? crachai-je. Juste pour me faire chier ?

— Attends, calme-toi, me dit Éris en posant une main sur mon épaule. On peut deviner certaines choses avec ce que ta chatte vient de dire, sourit-elle. Si Héra sait d'où tu viens, alors on peut supposer qu'elle sait où tu vas finir. Ou du moins, avec *qui*.

— Comment ça ?

— Héra est la déesse du mariage. Et quand les dieux se marient, ils sont liés. Pour toujours. Physiquement et mentalement.

Je sentis ma poitrine se serrer, soudainement consciente du lien qui me reliait à Arès. Mais je croyais que ce n'était rien d'autre que des pouvoirs que nous partagions...

— Qu'est-ce que tu es en train de me dire ?

— Juste qu'Héra sait quand deux dieux sont faits pour être ensemble, répondit Éris en haussant les épaules, les yeux pétillant d'amusement.

— Mais elle ne peut quand même pas unir des dieux au hasard ! m'exclamai-je.

— *Non, évidemment...* dit Zeeva calmement. *Ma maîtresse ne lie que les divinités qui sont profondément amoureuses l'une de l'autre.*

Je fus soulagée. Car, si j'étais clairement attirée par Arès, par sa beauté, sa force, sa volonté, et sa virilité, je n'étais pas certaine d'être *amoureuse* de lui. Il avait l'intelligence émotionnelle d'un adolescent, et ne semblait pas se préoccuper beaucoup des droits des autres personnes. Ce n'était pas tout à fait comme ça que j'imaginais mon mari...

— Héra sera-t-elle au bal ce soir ? demandai-je à Zeeva avec espoir.

— *Non.*

— Qu'est-ce qu'elle a ? On ne l'a pas vue depuis que Zeus s'est enfui, dit Éris.

Son ton était décontracté, mais je sentais qu'elle brûlait de curiosité. Je devais admettre que j'étais moi-même assez curieuse de connaître la raison de son absence.

— *Elle est souffrante.*

— Les dieux de l'Olympe ne sont pas malades, dit Éris, les sourcils levés et les mains sur les hanches.

Zeeva ne répondit rien, se contentant de reposer sa tête sur ses petites pattes. C'était exactement le genre de position qui me faisait fondre quand je pensais encore qu'elle n'était qu'une chatte grincheuse.

— Zeeva... Quand tu vivais dans mon appartement, tu aimais que je te caresse ? osai-je lui demander.

Elle ne répondit pas tout de suite, et je finis par penser qu'elle ne me répondrait pas.

— *Mouais... c'était pas si mal*, finit-elle par admettre.

ARÈS

Bella était éblouissante. À tel point que je me sentais presque ridicule, dans mon armure, à côté d'elle. Éris avait fait disparaître ses boucles claires sous une coiffe en or délicate, de laquelle pendaient de minuscules épées scintillantes, captant la lumière qui émanait de sa peau rayonnante. Quant à sa robe violette, elle était digne d'une déesse. Comme la précédente, le haut moulait sa poitrine galbée, tandis que la jupe descendait en cascade avec des reflets dorés. Ses épaules et ses bras délicats dénudés étaient mis en valeur par un collier ras du cou en or, duquel pendaient également de petites épées scintillantes. Il me fallut réunir toutes mes forces pour ne pas la toucher.

Je n'avais jamais désiré quelqu'un avec une telle intensité. En fait, chaque fois que mes yeux se posaient sur son visage magnifique, je n'étais même plus sûr d'avoir déjà éprouvé le véritable désir, avant elle. L'idée qu'elle puisse être avec quelqu'un d'autre me mettait hors de moi. Elle m'appartenait.

Mais si elle découvrait ce que je lui cachais, la vérité sur ses origines, elle ne voudrait plus m'appartenir.

Je devais absolument l'empêcher de le découvrir. Éris était proche de la vérité, je le voyais dans ses yeux ; je l'entendais dans sa voix taquine. Le dirait-elle à Bella ? Son affection pour moi était-elle plus forte que son besoin de semer le chaos ?

Je connaissais déjà la réponse à cette question. Rien n'était plus fort que le goût d'Éris pour le chaos.

Quant à Zeeva, elle l'apprendrait de sa maîtresse, ma mère, bien assez tôt. Héra savait exactement d'où venait Bella. Mais pour une raison que j'ignorais, elle ne l'avait pas encore dit à ce chat dédaigneux. Je ne savais d'ailleurs pas non plus pourquoi elle ne m'en avait pas parlé ?

Un sentiment d'inquiétude pour elle me traversa.

Je savais depuis longtemps que ma mère ne m'aimait ni plus ni moins que les autres de ses sujets, et en tout cas nettement moins qu'elle n'aimait mon père, Zeus. Mes parents étaient plus forts que moi, et l'affection des parents pour leurs enfants n'existait pas dans l'Olympe. Ils étaient mes supérieurs, des autorités devant lesquelles je m'inclinais, et c'était tout. Je respectais cela ; je l'avais toujours respecté. La guerre et le chaos étaient donc nés de la même source. Mais, contrairement à ma sœur, je connaissais l'importance de l'ordre et du respect. C'était notamment cela qui faisait ma force.

Tu as perdu ta force. Tu es faible, sans pouvoirs.

La voix à l'intérieur de moi me faisait mal, comme chaque fois qu'elle résonnait dans mon esprit, depuis que j'avais perdu le combat contre mon père. Mais il y avait cette fois quelque chose de différent.

Certes, je n'avais plus de force. J'étais dépendant d'une

femme qui, si elle connaissait la vérité, devrait me haïr. Dépendant d'une femme qui commençait à m'obséder.

Une vague de chaleur se forma dans mon ventre et remonta le long de mon ventre, de ma poitrine, jusque dans ma gorge, portant avec elle une foule d'émotions nouvelles envahissantes.

L'excitation. L'envie. La peur de la perdre.

Comment avais-je pu passer à côté de ces émotions auparavant ? Elles étaient si enivrantes que plus rien d'autre n'avait réellement d'importance : échouer à voler la dent, tomber dans une oubliette avec des créatures qui me rendraient fou pour l'éternité, finir dans la salle des trophées de Panique... Rien ne comptait en comparaison du frisson que je ressentais chaque fois que je posai mes yeux sur Bella. J'avais passé des centaines d'années à infliger des punitions, à inculquer la valeur du combat à mes citoyens, à superviser des batailles dont la beauté était parfois à couper le souffle. Pourtant, même si tout cela m'avait procuré beaucoup de plaisir, j'avais toujours senti que quelque chose manquait. Rien n'avait résonné avec une telle intensité en moi, fait naître cette lumière de chaque instant, ni libéré mes inhibitions, comme l'avait fait la mortalité. Mon esprit était désormais rempli de pensées que je n'aurais jamais osé avoir auparavant, presque toutes impliquant Bella enroulée autour de moi, son cœur battant au rythme du mien, perdue dans le feu, les tambours et le plaisir. Je les aurais alors jugées futiles, inutiles pour mon pouvoir et ma force. Alors que, mainte-nant, je m'en délectais. Car, pour la première fois dans ma si longue vie, il y avait une chance que ces désirs et ces fantasmes ne se concrétisent jamais. Je risquais de mourir avant, et c'était ce qui les rendait encore plus merveilleux.

Bien sûr, je ne désirais pas mourir pour ressentir ce

frisson. J'étais prêt à tout pour vivre, et je savais qu'il faudrait quelque chose de très puissant pour mettre fin à ma vie. Pouvoirs ou pas, je restais le dieu de la Guerre que j'avais un jour été. Fort, respecté de tous. Et même cette confiance en moi était nouvelle, depuis qu'on m'avait volé mes pouvoirs. Alors qu'Aphrodite me regardait comme un loup sans crocs ni griffes, Bella, elle, me donnait confiance. Elle était un exemple pour moi. Je n'avais jamais vu personne se battre avec tant de hargne, lutter à ce point pour rester en vie. Elle était devenue une combattante incroyable, avec une détermination sans faille, alors qu'elle n'était plus tout à fait une déesse. Serais-je un jour à sa hauteur ?

Avec un peu de chance, je n'aurais pas à le découvrir. Nous gagnerions les Épreuves d'Arès, et je recevrais le Trident de pouvoir. Ou, mieux : mon père reviendrait à la raison et me rendrait mes propres pouvoirs.

En pensant à l'avenir, mon regard se tourna automatiquement vers Bella. Si elle découvrait ce que j'avais fait, elle me quitterait. Ou me tuerait.

Réalisant que je la regardais, elle se tourna vers moi et me sourit. Alors, j'oubliais tout, et seul mon désir pour elle n'exista. Elle était à moi.

Je devais faire en sorte qu'elle me comprenne. Me pardonne. Elle ne pouvait pas m'échapper. Elle était à moi.

— Bon, je suis prêt maintenant. Allons-y !

Éris sortit de la salle de bain, et je pris une profonde inspiration, mettant de côté mes pensées agitées. Je devais me concentrer sur notre mission.

Il était temps d'entrer en scène.

VINGT

BELLA

J'avais assisté à plusieurs soirées un peu chic et je pensais que le bal serait à peu près du même style. Mais ce que je vis lorsque nous arrivâmes me coupa le souffle.

La salle de bal voûtée se trouvait dans un château d'une splendeur incroyable. On aurait dit une église, avec de hauts plafonds voûtés et une mezzanine qui faisait le tour de la pièce, à environ trois mètres du sol. Au centre, il y avait une sorte de forêt, chaque dalle en pierre ornée de vignes rampantes qui fleurissaient avec des bourgeons et des pétales de la couleur du sang. Les vignes s'enroulaient autour des balustrades qui bordaient le grand escalier central menant à la mezzanine, où elles couraient du sol jusqu'aux plafonds voûtés.

La pièce était remplie de personnes et de créatures d'une multitude de couleurs, de formes, et de tailles diffé-rentes, toutes dans des tenues superbes. Des satyres et des dryades se déplaçaient parmi les convives, portant des plateaux de coupes et de petits-fours exotiques.

Alors que je regardais fixement les lianes bouger au plafond en fronçant les sourcils, une musique jouée par une lyre, puis par d'autres instruments, retentit, et une femme sortit des feuillages. Tout le monde se mit à l'applaudir, tandis qu'elle glissa vers le sol en s'accrochant à une vigne, et se mit à chanter. À mi-chemin, elle s'arrêta, tendit l'autre main et une liane qui était autour de la rampe de la mezzanine se déroula et vola vers elle.

Elle avait la peau foncée et portait une robe fourreau verte scintillante qui mettait en valeur ses jambes incroyablement belles. Lentement, elle commença à se balancer entre les deux lianes. Puis, alors que la musique atteignit une note aiguë, elle lâcha prise, vola dans les airs, et sa jupe se déploya et scintilla tandis qu'elle tournait sur elle-même. D'un seul coup, elle se laissa tomber vers le sol. Je mis la main sur la bouche, terrifiée. Mais, avant qu'elle ne touche le sol, des lianes volèrent vers elle ; elle les attrapa et se remit à tourner et virevolter dans les airs.

C'était le plus beau spectacle de cirque que j'avais jamais vu. J'étais incapable de la quitter des yeux. Ce ne fut que lorsque je sentis Arès agripper mon coude que je détournai le regard.

Poséidon, Hadès, et Perséphone se tenaient devant nous. Il émanait d'eux une toute-puissance naturelle, et je m'inclinai sans réfléchir.

— Bravo, commença Poséidon. Arès et toi avez très bien géré la situation...

Ses cheveux blancs étaient tirés en arrière en une queue de cheval, et il avait un trident étincelant dans sa main. Il portait une toge ouverte, qui laissait apparaître les sangles de cuir et de métal sur sa poitrine nue.

— Que s'est-il passé avec le dragon ? demanda Hadès, qui était sous forme de fumée.

— C'est entre le dragon et nous, dit Arès.

Poséidon se crispa une seconde, avant de se détendre à nouveau.

— Très bien.... Quoi qu'il en soit, nous avons cherché le navire de Zeus. Nous pensons que vous avez raison : il utilise la magie des gardiens pour se masquer, tout comme les gardiens masquent la magie dans le monde des mortels.

— Les gardiens sont-ils en danger ? demandai-je rapidement.

Poséidon me regarda.

— Je ne sais pas.

— Je ne crois pas. Il a besoin d'eux en vie et en bonne santé pour utiliser leur magie, ajouta Hadès avec une douceur surprenante.

Je lui fis un signe de tête reconnaissant.

— Comment se fait-il que j'aie vu le corps de Joshua mort dans mon monde, mais vivant sur ces lits de pierre ?

Je posai enfin la question qui tournait dans mon esprit depuis des jours.

— Les gardiens, comme d'autres êtres, peuvent déplacer leur âme d'un corps à l'autre. Ils ne peuvent pas se téléporter, alors ils ont des corps dans l'Olympe et dans le monde des mortels, afin de pouvoir se déplacer entre les deux.

— Comme des clones ? m'étonnai-je, ce que je venais d'entendre me semblant complètement fou.

Perséphone acquiesça d'un signe de tête.

— Bizarre, n'est-ce pas ?

J'allais répondre, mais Poséidon prit la parole.

— Mes troupes se sont confrontées au démon, mais elles n'ont trouvé aucune trace de Zeus.

— Je suppose qu'elles ne l'ont pas capturée, sinon ce serait déjà terminé ? répondit Arès d'une voix posée.

— En effet, elle est particulièrement forte, confirma Poséidon.

Repenser au démon me fit frissonner. Si même les troupes de Poséidon n'avaient pas pu la capturer, quelle chance avais-je d'y parvenir ?

— Arès, il y a quelque chose que tu dois savoir.

Poséidon semblait mal à l'aise, et j'eus l'impression que je ne devais pas assister à cette conversation.

— Quoi ? demanda Arès en se redressant.

— Nous pouvons nous tromper, mais... La générale, qui a dirigé mes troupes, m'a rapporté que le démon utilisait un pouvoir qu'elle n'aurait pas dû avoir. Un pouvoir qu'elle a reconnu.

Arès se raidit.

— C'est... C'est peu probable.

Les yeux de Poséidon s'adoucirent.

— Arès, je suis désolé. Tu as formé toi-même ma générale, et tu t'es entraîné avec elle de nombreuses fois. Tu sais qu'on peut lui faire confiance. Or, elle était certaine que c'était la signature de ton pouvoir.

Je sentis mon estomac se soulever, et j'étais sûre que c'était l'expression du malaise que ressentait Arès. Pourtant, je ne comprenais pas vraiment de quoi parlaient les dieux.

— Il semble que mon père ait donné mes pouvoirs au démon, m'expliqua Arès en se tournant vers moi.

J'aurais aimé voir le visage d'Arès derrière son casque. Je n'avais accès qu'à ses yeux, et ils n'avaient jamais été aussi froids et durs.

— Je dois m'entretenir avec Éris. Merci de m'avoir prévenu, dit Arès aux trois autres dieux qui s'inclinèrent.

Perséphone croisa mon regard.

— Tu te débrouilles très bien, dit-elle avec un petit sourire.

— Merci, souris-je poliment, avant de suivre Arès qui se dirigeait à grands pas vers l'endroit où sa sœur était en train de discuter avec un bel homme aux ailes blanches.

— Éris, je dois te parler. Maintenant ! tonna Arès en la tirant par l'épaule.

Une vague de chaleur m'envahit alors qu'elle le regarda, visiblement furieuse. Mais son animosité s'évanouit lorsqu'elle vit son expression, et elle sembla inquiète.

— Qu'est-ce qu'il y a ? demanda-t-elle alors qu'il l'éloignait de l'homme ailé, jusqu'à une colonne de style grec au sommet de laquelle vacillaient des flammes orange.

— Tu savais ! Tu savais ce que Zeus a fait de mes pouvoirs !

Ses mots étaient empreints d'une fureur glaciale, mais je ne ressentis aucune tension dans mon ventre.

Éris sembla décontenancée pendant une seconde, mais se reprit.

— Oui. Et je t'ai dit que j'étais prête à te donner cette information contre quelque chose, mais tu as refusé... C'est ton problème, pas le mien.

— Je pensais pouvoir te faire confiance, grogna-t-il.

— Alors tu es encore plus fou que je ne le pensais, répondit-elle, le regard aussi dur que le sien.

Il y eut un coup sec dans mon ventre, et Arès brilla d'un éclat doré.

— Si tu veux toujours de mon aide ce soir, je te conseille de te calmer, petit frère.

Le regard d'Arès se porta sur le mien et il lâcha l'épaule d'Éris.

— Je serai de retour dans dix minutes, et nous mettrons alors notre plan à exécution, déclara-t-il, avant de s'éloigner.

Je voulus le suivre, mais Éris m'en empêcha.

— Laisse-le se calmer. Si nous voulons réussir notre mission, ce soir, nous avons besoin qu'il soit au maximum de ses capacités.

— Je suppose que donner les pouvoirs d'un dieu à quelqu'un d'autre est une chose horrible ? lui demandai-je.

Elle baissa les yeux avant de me répondre.

— Cela ne devrait pas être possible. Seul un être aussi puissant que Zeus peut le faire, en enfreignant toutes les règles des dieux, soupira-t-elle. Les pouvoirs d'un dieu font partie intégrante de lui. Les donner à quelqu'un d'autre, c'est une très grave offense.

— Et c'est son propre père qui l'a fait, constatai-je doucement.

— Ouais.

Toute la colère qu'elle avait exprimée face à son frère avait maintenant disparu, et j'eus sincèrement l'impression qu'elle n'avait rien dit à Arès car elle savait que ça le bouleverserait. Mais alors pourquoi faisait-elle semblant d'être une telle garce ?

— Nous pouvons toujours compter sur ton aide ce soir ? lui demandai-je calmement.

— J'ai dit que je le ferais, et je le ferai. J'ai l'habitude des crises de colère de mon frère, souffla-t-elle en levant les yeux au ciel.

Elle but une gorgée de son verre, et j'enterrai l'envie de le défendre.

— Merci, dis-je, avant de rejoindre Arès au milieu de la foule.

~

— Tu sais, à Londres, on appellerait ta sœur une connasse. Et ton père un enfoiré de première.

Arès, appuyé contre un mur de vigne, se tourna vers moi. Alors que je m'étais attendue à voir une colère noire dans ses yeux, il n'y avait qu'un désespoir profond et de la tristesse, qui me bouleversèrent.

— Mon père n'a aucune obligation de me traiter différemment des autres habitants de l'Olympe. Il a déjà enfreint trop de règles ; il n'est plus à une violation près... Il fut un temps où j'aurais moi-même laissé Hippolyte mourir si cela avait servi mes intérêts, avoua-t-il avec une voix qui semblait exprimer la honte.

— Est-ce que tu le regrettes ?

— Je suis heureux qu'elle soit en vie.

— Ce n'est pas une réponse.

— Regretter n'est pas le bon mot. Mais il est vrai que je me demande maintenant si je ne devrais pas abandonner les valeurs qui étaient les miennes, et vivre ma vie différemment.

Je ne connaissais pas Arès depuis très longtemps, mais je sentis qu'il était profondément sincère. Le dieu colérique et arrogant que j'avais rencontré à Londres n'aurait jamais prononcé cette phrase.

— Nous allons récupérer tes pouvoirs, lui promis-je. Je vais t'aider. Je te le jure.

Soudain, son regard s'enflamma. Puis, contre toute attente, il retira son casque et s'approcha de moi. Tout près de moi.

— Tu me changes, Bella, souffla-t-il.

Posant sa main sur ma nuque, il m'attira si près de lui que je sentis son souffle chaud se mêler au mien.

— J'ai besoin de toi.

J'étais bouleversée. Personne n'avait jamais eu besoin de moi. Et certainement personne comme Arès.

Les tambours de la guerre se mirent à résonner dans mes oreilles, aussi rapidement et fort que les battements de mon cœur. Lorsque les lèvres d'Arès se posèrent sur les miennes, j'eus l'impression que tout mon corps prenant feu. Je l'embrassai en retour, avec la même avidité, enroulant ma langue autour de la sienne tandis qu'il me plaquait contre lui, comme si le moindre espace entre nous lui était insupportable.

Soudain, je réalisai que nous étions en public et je reculai, regardant autour de nous.

Tout le monde nous fixait, y compris les trois seigneurs. Heureusement, Aphrodite n'était nulle part. Je pris une grande inspiration alors qu'Arès se tenait droit.

— Amusez-vous ! Nous sommes censés faire la fête, n'est-ce pas ? rugit Arès.

Aussitôt, la plupart des invités se détournèrent de nous, trouvant rapidement des partenaires, reprenant leurs conversations.

— Bravo…, le félicitai-je, amusée et impressionnée par son aplomb.

— J'ai au moins gardé mon autorité. Et les seigneurs seront bientôt finis, me dit-il en me regardant dans les yeux.

— Aphrodite n'est pas là ?

— Non.

Son expression changea, et son regard s'assombrit.

— Est-ce que tu l'aimes ?

Les mots s'échappèrent de ma bouche sans que je puisse les retenir, ni cacher l'émotion que je ressentais. Il savait que j'étais amoureuse de lui, et il était inutile d'essayer de le cacher. Mais s'il aimait toujours Aphrodite, je devais le savoir maintenant. Comment pouvait-il ne pas l'aimer ? La désirer ? Elle était la déesse de l'Amour ! La plus belle créature du monde.

— Non.

Un soulagement immense m'envahit et je réalisai à quel point j'avais craint l'emprise d'Aphrodite sur lui. Je n'aurais pas pu respecter un homme qui laissait une femme le traiter comme elle l'avait fait. Or, je voulais tellement, *tellement*, respecter Arès. Et, maintenant que je le connaissais un peu mieux, que j'avais entraperçu ce qui se cachait sous son armure et son apparente dureté, j'avais envie d'en savoir davantage. Son sens de l'humour, sa tendresse, son intelligence, s'ajoutaient à l'admiration que j'éprouvais pour le guerrier, et je sentais que je l'aimais de plus en plus profondément.

— Tant mieux, dis-je, avec un large sourire.

VINGT-ET-UN

— Les seigneurs arrivent, dit-il, se baissant pour ramasser son casque.

Puisant dans mes pouvoirs, il le transforma en bandeau et la fixa sur son front, avant de passer un bras autour de ma taille, de prendre ma main dans la sienne, et de m'entraîner dans une sorte de valse.

— Tu danses ? m'étonnai-je en riant.

— Quand j'ai besoin d'une excuse pour être près de toi, je danse, dit-il.

Ses mots provoquèrent un frisson de plaisir dans ma poitrine.

— Et d'une excuse pour éviter les seigneurs de la Guerre..., ajoutai-je, alors que nous les dépassions.

Je lançai un sourire sarcastique aux trois seigneurs par-dessus la large épaule d'Arès alors que nous nous fondions dans la foule des autres danseurs. Beaucoup d'entre eux nous regardèrent, et je supposai que peu avaient vu Arès sans son casque et dans une posture aussi romantique. Je me rapprochai de lui, de façon presque possessive. Malgré son armure, je sentais sa chaleur, et je puisai un peu de mes pouvoirs pour me faire grandir légèrement, juste assez pour que je puisse embrasser son cou.

— J'aimerais que tu enlèves cette armure, murmurai-je, si doucement que je n'étais même pas sûre qu'il m'ait entendue.

Je sentis son bras se resserrer autour de ma taille, m'attirant plus près de lui, puis il nous fit tourner rapidement, me faisant presque perdre pied. Lorsque ses yeux rencontrèrent les miens alors que nous ralentissions, son désir était évident.

— Cette armure est la seule chose qui m'empêche de te prendre maintenant, grogna-t-il.

La chaleur inonda mon cœur, et je sentis tous les muscles de mon corps se contracter.

— Peut-être aussi toutes ces charmantes personnes ? souris-je. Je préférerais tellement qu'on soit seuls...

C'était le plan qu'avait prévu Éris. Montrer à tout le monde qu'on ne pouvait pas se passer l'un de l'autre, puis nous isoler en faisant croire que nous avions besoin d'intimité. Mais, je ne feignais pas ; plan ou pas plan, j'aurais fait n'importe quoi pour être seule avec lui.

Il me regarda dans les yeux tandis que nous dansions sur la musique joyeuse que j'entendais à peine en raison des tambours qui battaient dans mes oreilles. Lorsqu'il parla, ses lèvres ne bougèrent pas et je réalisai que j'étais la seule à pouvoir l'entendre.

— *J'espère que ce dragon réalise ce qu'on est en train de faire pour lui. Car je n'ai jamais dû lutter autant contre moi-même pour me contrôler !*

— *Je ne vois pas ce que tu veux dire ? répondis-je pour l'obliger à dire plus clairement ce qu'il ressentait. Pourquoi dois-tu te contrôler, grand dadais ?*

Je lui souriais en mordant ma lèvre inférieure, soutenant son regard brûlant de désir.

— *Pour ne pas te sauter dessus. Tu es irrésistible, putain !*

— Tu es en train de devenir vulgaire..., murmurai-je en souriant.

Arès ressentait le même désir que moi, et l'entendre me l'avouer était la chose la plus douce au monde.

— C'est ta mauvaise influence...

Puis sa bouche s'écrasa à nouveau sur la mienne, et comme la première fois que nous nous étions embrassés, je ressentis cette même sensation d'être parfaitement à ma place. C'était là que je devais être : dans les bras d'Arès.

Lorsqu'il se détacha de moi, je faillis lui demander de continuer, mais je vis le brasier dans ses yeux et compris qu'il ne pourrait pas se contenir encore très longtemps. Je me dégageai alors de son étreinte et le tirai par la main, en direction du grand escalier. Alors que nous marchions, je ressentis une certaine satisfaction en entendant les murmures surpris des autres invités. Arès était à moi et, désormais, ils le savaient tous. L'escalier était recouvert d'un tapis en mousse verte dans lequel mes talons hauts dorés s'enfoncèrent, mais je ne le remarquai guère. La seule chose dont j'étais consciente, c'était les doigts du dieu imposant à mes côtés, entrelacés avec les miens. Certes, tout cela faisait partie du plan, mais je sentais que la réalité était en train de prendre le pas sur la fiction...

En haut des marches, la mezzanine était bondée. Tandis que nous nous dirigions vers la porte en bois sculptée la plus proche, certains convives discutaient entre eux, d'autres regardaient l'acrobate, fascinés, et quelques-uns se tournèrent vers nous et riaient en commentant le scoop qui allait certainement faire beaucoup de bruit dans toute l'Olympe. La porte donnait sur un autre escalier, plus étroit et en bois clair. Je le savais déjà, car Zeeva nous avait expliqué, plus tôt, comment atteindre la tour nord-est : monter l'escalier, emprunter un long couloir sur la gauche, passer une porte qui nous mènerait à un petit pont extérieur, lequel nous conduirait à la tour qui nous intéressait. Une fois arrivés, nous devions trouver une tapisserie représentant un kraken, qui cachait un passage menant à un autre escalier – le fameux escalier piégé qui risquait de nous tuer.

Nous courûmes à moitié en montant le premier escalier, et je haletai presque de soulagement en voyant que le couloir était complètement vide, à gauche comme à droite. Je me tournai vers Arès qui puisant dans mes pouvoirs, fit disparaître son armure ; son bandeau en or brilla pendant un instant. Puis il combla le fossé qui nous séparait, me pressant contre le mur recouvert de vignes derrière moi. Il enfonça une main dans mes cheveux, l'autre caressant ma joue.

— Tu es enivrante, souffla-t-il.

Les tambours battaient de plus en plus fort.

— Toi aussi...

Il l'était. Vraiment.

Je caressai sa mâchoire carrée et recouverte d'une fine barbe, mon regard plongé dans le sien – hypnotique.

— J'ai besoin de toi. Maintenant, murmura-t-il.

Et j'avais besoin de lui. Au point que c'en était presque douloureux. Tout mon être le réclamait et c'était comme s'il me manquait quelque chose tant qu'il n'était pas en moi : mes forces s'amenuisaient, mon souffle était court, et mon cœur battait trop vite.

— Je suis à toi.

Sans attendre, gémissant, il m'embrassa dans le cou, enroulant un bras autour de ma taille et me serrant contre lui. Je sentais son sexe dur à travers son pantalon, et je plaquais mes mains sur son dos. J'avais besoin de le toucher, de le rapprocher de moi. Sa bouche descendit plus bas, jusque sur mes seins durs et gonflés de plaisir, tandis que mon sexe était prêt, humide, ouvert, puisant toute mon énergie. Avide de lui, je fis glisser mes mains jusqu'à sa taille et caressai ses abdominaux. Il était si dur, si fort, si féroce. Si parfait.

— Mon dieu, gémis-je.

Il remonta vers mon visage et m'embrassa sur la bouge, avalant mon souffle. Alors, n'y tenant plus, mue par cette même excitation que je ressentais habituellement avant un combat, je plongeai ma main dans son pantalon, tandis qu'il m'embrassait toujours plus passionnément. C'était animal, féroce, plus fort que tout ce que j'avais jamais vécu... C'était *divin*, et je découvrais pour la première fois ce qu'était la « perfection ».

— Je t'en prie, haletai-je, rompant le baiser et tirant son sexe tendu hors de son pantalon. J'ai besoin de toi...

Haletant, il me souleva avec le bras autour de ma taille, et j'enroulai mes jambes autour de lui, soulevant ma robe pour que rien ne soit entre nous. Puis, accrochée à son cou, je sentis sa queue pénétrer en moi et je basculai la tête en arrière.

— Arès, soufflai-je.

J'étais à peine consciente de ce qu'il se passait. C'était comme dans un rêve. Jamais je n'avais désiré à ce point. J'aurais pu abandonner n'importe quoi, absolument tout, pour ce moment.

Mais, soudain, tout trembla autour de nous.

— Déguerpissez, maintenant !

La voix d'Éris nous ramena à la réalité et nous nous figeâmes.

— Merde ! Merde, merde, merde ! pestai-je alors qu'il me regardait, visiblement aussi frustré que moi d'arrêter ce que nous venions de commencer.

Mais le sol trembla à nouveau et Arès dut me lâcher. Malgré le feu qui me consumait encore, je reposai mes jambes au sol pour essayer de nous stabiliser, mais nous basculâmes dans l'autre sens, et je manquai de chuter. En un clin d'œil, l'armure d'Arès réapparut, et il me prit la main, me tirant derrière lui alors qu'il se mit mettait à courir dans le couloir.

— Il sait que nous sommes ici, me dit Arès d'une voix tendue.

— Quel trou du cul ! crachai-je.

— Je croyais que cette insulte m'était réservée ? plaisanta-t-il malgré l'urgence.

Il nous fit accélérer alors que le couloir s'inclina, nous projetant dans la direction opposée, jusqu'au mur derrière nous. Malgré l'effet de surprise et la vitesse avec laquelle nous avions glissé sur toute la longueur, nos mains étaient toujours entrelacées.

— Plus maintenant, répondis-je finalement, détestant de plus en plus Panique.

Au bout du couloir couvert d'un épais feuillage se trouvait une porte en acier, et nous nous jetâmes contre elle alors que le sol se soulevait.

— Est-ce que tout le château bouge ? haletai-je, alors que nous nous agrippions ensemble à la poignée de porte, essayant de rester debout malgré les violents soubresauts.

— Je ne sais pas. Et cette porte est fermée ! grogna Arès.

Il lâcha ma main, et un sentiment de désespoir m'envahit. Lorsque ses yeux se tournèrent vers les miens, je sus qu'il ressentait la même chose. Mais la situation l'exigeait et il tira l'épée qui était apparue en même temps que son armure magique. Puisant dans mes pouvoirs, il abattit la lame sur la poignée, laquelle se détacha instantanément. Dès que je poussai la porte, un air glacial nous enveloppa, et nous nous retrouvâmes face à un pont en pierre sur lequel s'écrasait une pluie battante, et qui menait à une tour médiévale, qui n'avait ni côtés ni garde-fous. Le couloir dans lequel nous étions toujours s'inclina dans l'autre sens, mais le pont resta immobile ; je compris alors que ce n'était pas tout le château qui bougeait, mais uniquement la tour dans laquelle nous nous trouvions.

Sans réfléchir, je me réfugiai sur le pont pour ne pas tomber à nouveau.

— Putain, il fait froid ! hurlai-je, assaillie par la pluie glaciale.

Pour ne pas glisser, je retirai mes talons et, alors que je me redressai, une énorme rafale de vent me frappa au visage. Vacillant, avec une chaussure dans chaque main, j'étendis les bras pour garder l'équilibre. Mais le vent était si puissant que je ne pouvais lui résister. Juste au moment où j'allais tomber, je sentis la main massive d'Arès se refermer sur mon coude et me rattraper.

— Merci, haletai-je, le cœur tambourinant.

— Avance ! m'ordonna-t-il en retour.

Pour une fois, je ne discutai pas et avançai d'un pas rapide, toujours soutenue par Arès.

Heureusement, la porte de l'autre côté n'était pas verrouillée. Je l'ouvris d'un coup sec et me jetai à moitié à l'intérieur, incapable de supporter une seconde de plus la tempête. Arès me suivit rapidement, claquant la porte derrière lui. Nous étions en bas d'un autre escalier, celui-ci en forme de large spirale. Les lianes y étaient moins nombreuses – uniquement le long du plafond bas – et seules quelques boules de lumière verte qui semblaient incrustées dans la roche diffusaient une lumière discrète.

— Je suis trempée, dis-je doucement, en m'appuyant contre le mur et en reprenant mon souffle.

Repoussant les quelques mèches de cheveux mouillées de mon visage, je remerciai silencieusement Éris de m'avoir fait porter cette coiffe qui, en plus d'être magnifique, m'avait été d'une aide précieuse en traversant le pont et la tempête.

— Tu peux utiliser ton pouvoir pour te sécher. C'est comme pour guérir tes blessures, mais tu dois imaginer une source de chaleur.

J'aurais aimé qu'il le fasse pour moi. Mieux encore, qu'il m'enlève mes vêtements mouillés et me réchauffe avec son corps. Mais ce n'était pas le moment. Panique savait que nous étions dans un endroit où nous n'étions pas censés être ; nous étions déjà en sursis. Dès que je pensai au seigneur de la Guerre, je sentis sa présence et fus prise d'une sorte de malaise.

— Il essaie d'entrer en contact avec nous, dit Arès. Ne le laisse pas faire.

J'acquiesçai en imaginant mon bouclier, et la présence diminua.

— On ferait mieux de s'activer, dis-je. Zeeva a dit que nous devions chercher une tapisserie avec un kraken dessus.

— Dépêchons-nous. Plus vite nous aurons terminé, mieux ce sera !

Je savais exactement ce qu'il voulait dire. Le frisson du danger n'était rien comparé à celui que provoquait l'union de nos deux corps. Je brillais d'une lueur dorée et me sentais plus vivante que jamais, débordante d'énergie.

Mais ce n'était pas notre mission qui me mettait dans cet état...

Récupérer la dent, la rendre à Dentro, et me faire baiser par le Dieu de la Guerre avec passion.

La nuit promettait d'être merveilleuse.

VINGT-DEUX

BELLA

De nombreuses tapisseries ornaient la cage d'escaliers, et la majorité d'entre elles représentaient d'effrayantes créatures. Nous trouvâmes rapidement celle où figurait un kraken géant entraînant dans les abîmes un navire qui planait à six mètres au-dessus de la surface de l'océan. La tapisserie était incroyablement lourde, mais nous réussîmes à la retirer du mur, découvrant qu'elle dissimulait un tunnel étonnamment petit.

— Zeeva ne nous a pas dit que ce tunnel était si étroit ! m'étonnai-je en regardant l'entrée sombre.

— Pour elle, il ne l'est probablement pas.

— Elle s'est agrandie une fois, devant moi. Elle n'est pas si petite qu'on pourrait le croire !

— Tu veux y aller en premier ? me demanda Arès.

J'acquiesçai et, avec une petite appréhension, me mis à genoux. Une légère odeur se dégageait du tunnel, mais elle n'était pas désagréable. C'était une sorte de parfum fumé et acidulé qu'il me sembla reconnaître.

— Si cette tour se balance aussi d'un côté à l'autre

pendant que je suis à l'intérieur, ça risque d'être compliqué ! dis-je en regardant Arès par-dessus mon épaule.

— Espérons qu'elle ne se défende pas de la même façon que la précédente.

— Oui...

Prenant une profonde inspiration, je pénétrai dans le tunnel. Il était plus court que je ne l'avais pensé, et sombre uniquement sur les premiers mètres, jusqu'à ce qu'il remonte brusquement et que la lumière pénètre de l'autre côté. Progresser sur cette pente abrupte était fatigant, mais la pierre était assez rugueuse pour que je puisse m'y accrocher et l'odeur agréable rendait la tâche plus facile. Après avoir rampé jusqu'au bout, je me retrouvai au pied d'un autre escalier, mais je vis immédiatement qu'il était différent du précédent. Je sus avec certitude qu'il s'agissait de l'escalier piégé dont nous avait parlé Zeeva.

Il était si énorme que j'aurais pu aisément m'allonger sur chacune des marches. En revanche, heureusement, il n'était pas très long – à peine une vingtaine de marches, qui menaient à une porte en bois d'apparence inoffensive au sommet. Comme dans le reste du château, des lianes serpentaient au plafond et s'enroulaient autour du cadre de la porte, mais sans atteindre les marches en pierre. De la lumière verte jaillit de la roche, se mêlant à la lueur dorée qui émanait de moi. Les larges marches étaient gravées, mais, chaque fois que j'essayai de me concentrer sur l'une d'elles, la gravure se brouillait. Alors que je me relevai prudemment, Arès sortit du tunnel à son tour et se plaça à côté de moi.

— Nous allons devoir faire très attention, me dit-il. Cet endroit ne m'inspire rien de bon... ça sent mauvais, dit Arès, et j'acquiesçai. Il y avait une sorte de vibration négative qui se dégageait de la pierre, comme ce sentiment que l'on ressent lorsque le ciel se couvre, que la température chute, et que l'on sait qu'un orage va bientôt éclater.

— Peux-tu voir ce qui est gravé sur les marches ? lui demandai-je.

— Non. Les images n'arrêtent pas de bouger.

Nous nous rapprochâmes tous deux avec prudence de la première marche. Plus j'essayais de distinguer le dessin, plus les lignes semblaient bondir et m'échapper.

— Arrêtez de bouger ! leur ordonnai-je.

Et, miraculeusement, elles obéirent. Je regardai lentement Arès en fronçant les sourcils.

— C'est moi qui ai fait ça ? chuchotai-je.

— Peut-être que cet endroit obéit aux pouvoirs de la Guerre, suggéra-t-il en se tournant vers l'escalier.

Il puisa dans mon point d'énergie et fit un pas en avant.

— Pièges ! Révélez-vous maintenant ! ordonna-t-il.

Rien ne se produisit, et un petit rire m'échappa.

— Tu t'attendais à quoi, en parlant à un escalier ?

Arès me lança un regard noir.

— Tu as une meilleure idée ?

Je me penchai en avant et observai l'image, maintenant parfaitement nette, sur la marche la plus basse. Elle représentait un casque semblable à celui d'Arès, avec un grand panache et une couronne en dessous.

J'examinai la sculpture sur la marche suivante. Il s'agissait d'une tête de lion, la gueule ouverte comme s'il rugissait, les dents saillantes. La marche suivante était vide, et celle d'après comportait la silhouette d'une femme avec des cheveux courts, et un serpent. Je ne pouvais pas voir plus haut sans commencer à monter les escaliers.

— Les gravures doivent avoir une signification. Celle avec la femme ressemble à d'anciens hiéroglyphes égyptiens. Et ses cheveux... Peut-être est-ce Cléopâtre ? Elle était liée à une histoire de serpent, j'en suis sûre...

Arès me regarda alors que je fronçais les sourcils en réfléchissant.

— Nous n'avons pas le temps de réfléchir à l'histoire de Cléopâtre !

— Eh bien, à moins que tu ne puisses voler, il va bien falloir que l'on comprenne comment fonctionne cet escalier !

Il ne répondit rien, mais une idée surgit soudain dans mon esprit.

— On peut voler ? S'il te plaît, dis-moi qu'on peut voler !

— Non. Les dieux n'ont pas besoin de voler, ils se téléportent.

Je me décomposai.

— Oh ! Nous ne pouvons pas nous téléporter dans le château, dis-je en mettant les mains sur mes hanches, imitée par Arès.

— Non, confirma-t-il.

— Okay... Alors : Cléopâtre. Vous en avez une dans l'Olympe ? Ou existe-t-elle uniquement dans le monde des mortels ?

— Elle existe. C'est une divinité mineure dans mon royaume.

— C'est vrai ? m'exclamai-je. Je voudrais tellement la rencontrer !

— Concentre-toi, Bella !

— Merde, ouais, désolée..., m'excusai-je en regardant à nouveau les gravures. A-t-elle un pouvoir de guerre ?

— Oui.

— Okay. Et pour le lion. Vous avez des lions de guerre dans l'Olympe ?

— Oui. Le lion de Némée, bien qu'il soit mort maintenant. Il a été tué pendant les épreuves d'immortalité.

— Okay, donc le lion n'existe que sur l'Olympe. Et la première gravure ? Ce pourrait être toi.

— Non. La couronne ne signifie rien pour moi.

— Il pourrait s'agir de Jules César ? C'était un célèbre général de guerre dans mon monde.

Arès haussa les épaules.

— Je n'ai jamais entendu parler de lui. Athéna gère la guerre et la politique dans le monde des mortels. Je la trouve trop... restrictive.

Je soupirai.

— Il n'y a donc aucun lien entre ces gravures, elles sont toutes différentes !

— Ton Jules César... Il est mort ?

— Mort depuis longtemps ! confirmai-je.

— Comme le lion de Némée. Peut-être ne devrions-nous pas monter sur les marches représentant des personnages morts ?

Je le regardai avec intérêt.

— Tu as sûrement raison...

Arès fit un pas en avant et j'attrapai son armure.

— Attends. Essaie d'abord de mettre quelque chose sur la marche, pour tester...

— Comme quoi ?

Je regardai dans le petit espace à la recherche d'un objet suffisamment lourd pour déclencher la marche.

Il n'y avait rien.

— Est-ce qu'un de mes bijoux serait assez lourd, à ton avis ? lui demandai-je en touchant ma coiffe qui avait été si compliquée à réaliser.

Ses yeux s'assombrirent, et je vis une flamme poindre dans ses iris alors qu'il me regardait de haut en bas.

— Ta robe serait assez lourde.

— Je n'enlèverai pas ma robe, dis-je en lui lançant un regard dur. Je suis déjà pieds nus ; si on se fait prendre, j'aimerais mieux ne pas être en sous-vêtements !

— Tu préfères que ce soit moi le cobaye ? me demanda-t-il avec un large sourire.

De toute évidence, il connaissait déjà ma réponse.

— Tu es vraiment en train de dire que ta vie dépend du fait que je retire ou non ma robe ?

— Il semblerait...

Je levai les yeux au ciel, puis retirai la coiffe de ma tête, libérant mes cheveux qui dégringolèrent le long de mon dos, puis la posai avec précaution sur la marche du lion. Rien ne se produisit.

— Enlève tes bottes, dis-je en me tournant vers Arès, tendant la main.

— Quoi ?

— Elles ne font pas partie de ton armure magique, n'est-ce pas ?

— Non, mais...

— Alors enlève-les, ordonnai-je.

— Tu veux que le dieu de la Guerre soit pieds nus pour une mission aussi importante ?

Je soulevai ma jupe jusqu'aux genoux et agitai mes orteils devant lui.

— Exactement, comme l'est la déesse de la Guerre, d'ailleurs.

Il y eut une longue pause, puis Arès se pencha en avant.

— Tu peux te vanter d'avoir un véritable pouvoir sur moi, marmonna-t-il.

— Il était temps ! répondis-je avec fierté. Jusqu'ici, tu as refusé catégoriquement de faire tout ce que je t'ai demandé.

Il se redressa après avoir retiré ses deux énormes bottes, et je baissai les yeux sur ses simples chaussettes noires. Quand je levai à nouveau la tête vers lui, il me regardait avec détermination.

— Je suis sérieux, Bella. Tu as vraiment un pouvoir sur moi...

Je me sentis rougir, à la fois fière et embarrassée.

— J'ai tous les pouvoirs, lui dis-je en souriant pour alléger la tension. C'est pour ça que je suis là, tu te souviens ? L'alliance de la guerre et de la magie...

Il me sourit et me tendit ses bottes. Dès que je les eus déposées à côté de ma coiffe, la marche émit un craquement sonore, puis devint complètement transparente. Je frissonnai, prise d'appréhension, tandis qu'un bourdonnement résonna tout autour de nous. Puis la marche se dissipa, faisant tomber les bottes et la coiffe dans un gouffre.

Putain !

C'était terrifiant. Mais nous devions monter. Nous avions promis à Dentro, et il était hors de question que nous le laissions tomber. Je me forçai à me ressaisir, puisant dans mon point d'énergie pour gagner de l'assurance. Instantanément, mon inquiétude laissa place à une volonté féroce, à la limite de l'inconscience.

Chaque victoire a un prix, me rappelai-je, en me tournant vers Arès.

— Tes bottes auraient suffi... Nous aurions pu épargner ma coiffe en or...

VINGT-TROIS

ARÈS

— Tu crois que la marche sans gravure est sûre ? demandai-je à Bella.

— Elle doit l'être. Personne ne pourrait atteindre la quatrième marche d'ici. Hormis un géant.

— Dommage que nous n'ayons plus de bottes pour tester.

Je lui souris en levant un sourcil et elle me tira la langue. Instantanément, je fus submergé par une bouffée de désir.

— Ne me montre plus ta langue, ou Dentro restera édenté, grognai-je.

Elle rougit et reprit son sérieux. Je l'imitai et portai à nouveau mon attention sur la marche sans gravure.

— Si je tombe, penses-tu pouvoir me rattraper avant que les oxydes ne m'atteignent ? lui demandai-je.

— Te rattraper comment ?

— Tu peux faire un coussin d'air pour me faire rebondir. Ou envoyer des fouets. On peut faire apparaître de nombreuses armes avec nos pouvoirs.

Je commençais à être à l'aise avec l'idée qu'il s'agissait de « nos » pouvoirs, ce qui me surprit moi-même.

— Sérieusement ? Mais pourquoi ne m'as-tu pas appris tout cela avant ?

J'esquivai sa question.

— Imagine juste que tu utilises l'arme en puisant dans tes pouvoirs et elle apparaîtra. Elle ne sera pas aussi forte qu'Ischyros, mais cela suffira. Tu sembles apprendre rapidement. Je te fais confiance.

Elle acquiesça d'un signe de tête avec une expression résolue. Après une rapide inspiration, j'enjambai les deux premières marches pour atterrir sur la troisième. Mon cœur tonnait dans ma poitrine tandis que mon poids se stabilisait, et Bella poussa un cri. La marche tint bon. Je me tournai vers elle, lui tendant la main et l'aidant à sauter pour me rejoindre.

Je pensais que je finirais par me sentir plus confiant à mesure que nous faisions les bons choix, mais ce n'était pas le cas. Chaque fois que nous survolions une marche, je ne pouvais m'empêcher de penser à ce qui se passerait si Bella se faisait piquer par les oxydes. Alors, ma poitrine se serrait d'appréhension.

Il nous fallut beaucoup plus de temps que je ne le souhaitais pour découvrir quels personnages étaient représentés sur chaque gravure, mais nous finîmes par réussir.

— Tu sais, je boirais bien un verre, souffla Bella quand nous atteignîmes enfin le palier, juste devant la porte.

— Ce n'est pas encore fini.

Je regardai la poignée de la porte avec méfiance. Zeeva avait dit que nous allions avoir besoin de toutes nos forces pour l'ouvrir.

— Tu es plus forte que moi. Je pense que tu devrais essayer de l'ouvrir...

— Tu dis ça pour qu'en cas de pépin, ce soit moi qui prenne en premier, plutôt que toi, me taquina-t-elle.

— Jamais, dis-je, en posant ma main sur la sienne dans un geste protecteur, l'émotion battant dans mes veines.

— Tu me fais vraiment confiance, alors ?

Je hochai la tête. Je ne savais pas à quel moment c'était arrivé, mais je ne mentais pas. Lorsque nous avions failli nous noyer et que j'ai réalisé que seul l'un d'entre nous pouvait utiliser suffisamment de puissance pour devenir immortel, mon instinct avait choisi pour moi : je voulais que ce soit elle.

Cela contredisait tout ce que je pensais savoir sur la déesse de la Guerre depuis des siècles. Cela remettait en question tout ce qui m'avait conduit à prendre les décisions que j'avais prises depuis si longtemps. J'avais besoin de temps et d'espace pour rationnaliser cela, pour rejouer le passé ; comment j'avais pu me tromper à ce point ? Je devais parler à ma mère.

Mais ce n'était pas le moment. Tout ce que je pouvais faire maintenant était d'accepter que Bella avait complète-ment envahi mon cœur.

— Pourquoi ? chuchota-t-elle, ses yeux brûlants d'émotion.

— Je ne pourrais pas m'en empêcher même si je le voulais. Je sais maintenant que nous sommes liés.

Elle me regarda un long moment.

— Tu veux dire que c'est au-delà de ta volonté ?

Il y avait une pointe de douleur dans sa voix et j'eus l'impression qu'on me poignardait. Je tendis la main vers elle, l'attirant près de moi, passant délicatement ma main sur sa joue.

— Je ne savais pas que je pouvais ressentir cela, lui dis-je. Je n'échangerais cette sensation contre rien dans tout l'Olympe.

Un sourire, vrai et chaleureux, illumina son visage, et elle se mit sur la pointe des pieds pour m'embrasser doucement.

— Promets-moi que tu me parleras encore avec cette sincérité quand nous aurons cette foutue dent...

— Je te le promets.

Bella sourit, puis baissa les yeux sur la poignée. La porte était magnifique, ornée de sculptures délicates, mais le même sentiment de malaise que j'avais ressenti en entrant dans la pièce s'empara de moi, me donnant la chair de poule.

— Attends, dis-je. Faisons-le ensemble. Combinons nos forces.

Bella sembla profondément soulagée.

— Bonne idée ! On compte jusqu'à trois ?

Je hochai la tête.

Ensemble, nous posâmes nos mains droites sur la poignée.

— Trois, deux..., un !

VINGT-QUATRE

BELLA

Alors que la porte se mit à bouger, s'ouvrant de quelques millimètres à peine, mon estomac se noua et mes poumons semblèrent se dilater dans ma poitrine. Je poussai plus fort, sentant Arès faire de même, mais la porte continuait de nous résister.

— Doit-on utiliser nos pouvoirs de guerre ? sifflai-je. On ne va jamais y arriver, à ce rythme !

— Je ne sais pas... Essayons. Puise dans ton point d'énergie ! répondit Arès.

Sa voix était tendue. Certainement par l'effort, mais je sentais qu'il y avait autre chose.

— Tu te sens aussi bizarre que moi ? lui demandai-je en lui jetant un rapide coup d'œil pour ne pas perdre de vue la poignée et ne pas me déconcentrer.

— Je me sens bizarre, oui.

Je me concentrai sur mon point d'énergie, chaud et prêt à nous aider. Expirant lentement, je me visualisai au milieu du champ de bataille, sur mon cheval blanc.

Dès que j'eus l'image en tête, la porte bougea plus vite. Mais le picotement désagréable que nous ressentions jusque-là se transforma instantanément en un tsunami de panique.

Je me noyais. J'étais à nouveau dans l'eau, immobilisée par des tentacules enroulés autour de moi. Mais, cette fois, la lueur dorée d'Arès n'éclairait pas l'eau et j'étais plongée dans le noir total tandis que j'étais inexorablement entraînée vers le bas. Je ne pouvais pas respirer. Ma tête me faisait mal. Mes poumons brûlaient. C'était comme si un étau invisible écrasait mon souffle, ma vie, mon âme. J'étais piégée. Et j'allais mourir.

— Bella ! La voix d'Arès résonna au loin, et la vision changea.

Je ne me noyais plus. C'était lui. Il se noyait et j'allais devoir le regarder mourir parce que j'avais tous les pouvoirs. J'avais l'immortalité. Un seul d'entre nous pouvait vivre éternellement et j'allais être la cause de la mort du dieu de la Guerre.

J'allais tuer le seul homme qui se souciait de moi, qui me comprenait. Qui m'aimait.

Je devais le regarder mourir.

La panique me submergea complètement, et je m'entendis crier, me débattant de toutes mes forces malgré mon corps lourd.

— Arès ! hurlai-je, alors que son corps flottait sans vie dans l'eau noirâtre.

Ma bouche se remplit d'eau, et mes yeux me brûlèrent en même temps que ma poitrine.

Je ressentais une douleur atroce, comme si mon corps avait heurté quelque chose de solide. Pourtant, je ne voyais que de l'eau autour de moi...

Je clignai des yeux et l'eau disparut, remplacée par une pierre pâle tout près de moi. Avec un goût acidulé de sang dans ma bouche, je réalisai que j'étais allongée sur le sol en pierre. Immédiatement, la douleur fut plus vive. Sur ma joue contre la pierre, ainsi que sur mes côtes et mon épaule. C'était comme si j'avais été écrasée par un camion ; j'arrivai à peine à bouger. Le corps inanimé d'Arès était toujours dans mon esprit, et mon pouls battait toujours à cent à l'heure. Chaque respiration me faisait souffrir, mais je ne savais pas si c'était la panique ou une véritable blessure.

— Arès ?

J'essayai de l'appeler mais, même le simple fait de parler était douloureux, et me fit monter les larmes aux yeux. Quelque chose était cassé.

— *Arès ?* tentai-je à nouveau, en pensée cette fois.

— *Je suis là. Es-tu blessée ?* me répondit-il d'une voix tendue.

— *Oui.*

— *Guéris-toi, vite.*

Merde ! Sonnée, je n'y avais même pas pensé... Je me concentrai sur ma force intérieure, utilisant mes pouvoirs pour réparer mon corps meurtri et cassé. Je sentis des picotements chauds dans mon ventre, et mes côtes me firent un mal de chien pendant une fraction de seconde, avant que j'aie l'impression de pouvoir à nouveau respirer correctement. Puis mon épaule me brûla, et j'aspirai plus d'air alors que la sensation de malaise dans mon torse diminuait. Ensuite, mon visage chauffa avant que je puisse lever la tête sans contrainte.

Alors, je me mis à quatre pattes, testant mon corps, puis regardai autour de moi.

— Arès !

Il était allongé à côté de moi, et son visage semblait en plus mauvais état que le mien.

— *C'est pour ça que je porte un casque*, articula-t-il doucement dans ma tête.

Il ne parvenait pas à bouger ses lèvres. Il semblait avoir été projeté sur la pierre avec la force d'un ouragan, le sang s'accumulant sous le côté de sa tête qui s'était écrasée sur le sol. Je me précipitai vers lui et je posai mes mains sur son armure. Je le sentis tirer sur mes pouvoirs et je le laissai les prendre, faisant de mon mieux pour l'aider.

— Que s'est-il passé ? murmurai-je.

J'étais encore sous le choc de la vision, et le voir dans cet état, en sang et brisé... L'idée que quelque chose puisse lui arriver, de pouvoir le perdre, m'était insupportable. Je réalisai que j'étais tombée amoureuse de lui ; profondément. Ce n'était pas simplement une attirance physique. Ce n'était pas uniquement du désir. C'était bien plus que cela...

— *Je crois que la porte s'est ouverte d'un seul coup et que nous avons chuté.*

— Chuté ? Mais où ?

Mes yeux étaient pleins de larmes, alors qu'Arès réussit à bouger légèrement, suffisamment pour que je puisse voir la chair de son visage briller. Il guérissait.

Il allait bien. Il *irait* bien.

— Nous avons survécu, dit-il, cette fois en bougeant les lèvres, en prononçant les mots à haute voix. Donc, je pense que nous pouvons considérer cela comme une victoire.

— J'aime ta façon de voir les choses, souris-je, en passant ma main sur le côté intact de son visage et en faisant de mon mieux pour lui cacher mon émotion. C'est vrai qu'on a grave assuré ! ajoutai-je. Putain, on a montré à cette porte qui était le patron.

Il eut un petit rire forcé.

— Je... j'ai eu une vision, dis-je doucement.

— Moi aussi. Je suis sûr que c'est Panique qui nous l'a donnée.

Je hochai la tête.

— Nous étions à nouveau dans l'eau, dans la forêt.

— Ce n'était pas réel, Bella. Sors-toi ça de l'esprit.

Il roula lentement sur le dos. Sa respiration forte faisait bouger son armure. Avec surprise, je remarquai qu'elle était intacte. La force avec laquelle nous avions percuté le sol m'avait brisé l'épaule et les côtes, mais semblait avoir épargné l'armure d'Arès.

— Tu aurais dû garder ton casque, lui dis-je.

— Ce n'est pas grave... Tant que je peux encore t'embrasser, tout va bien, ironisa-t-il en gardant les yeux fermés tandis que la peau de sa joue et de sa mâchoire se reformait sous mes yeux.

— J'adore ton romantisme !

Je me penchai vers lui et déposai un petit baiser sur ses lèvres. Je sentis le tiraillement dans mon ventre s'estomper, puis il brilla brièvement et ouvrit les yeux.

— Je suis guéri, dit-il doucement en prenant dans ses doigts une boucle de mes cheveux qui pendaient au-dessus de lui.

Je me déplaçai pour qu'il puisse s'asseoir et, pour la première fois, je remarquai le reste de la pièce dans laquelle nous nous trouvions.

La porte que nous avions eu tant de mal à ouvrir semblait s'être refermée derrière nous, et nous étions au milieu d'un long hall bordé de piédestaux. Des flammes pendaient du plafond au-dessus de nous, tandis que les murs étaient recouverts d'un enchevêtrement de vignes et de branches que la lumière des flammes rendait vivantes, comme si elles rampaient sur la pierre avec détermination. De là où nous étions, je ne voyais pas ce qu'il y avait sur les piédestaux les plus proches, seulement que ce qui s'y trouvait était enfermé dans des dômes en verre, comme la rose dans La Belle et la Bête.

— Nous y sommes, dis-je, en me levant prudemment. Nous sommes entrés dans la salle des trophées.

— Tu es complètement guérie ? s'inquiéta-t-il en se levant à son tour.

— Oui, je vais bien. Tu sais, j'ai souvent été amochée dans des combats, et je n'avais pas de pouvoir de guérison...

La rage traversa les beaux yeux d'Arès.

— J'ai envie de tuer tous ceux qui t'ont fait du mal..., grogna-t-il.

Je me mis à rire.

— C'est très gentil, grand dadais ! Mais la plupart d'entre eux étaient payés pour le faire, tu sais... C'était sur des rings ; j'avais signé pour ça.

Ses yeux se rétrécirent.

— Des rings ?

— Des sortes d'arènes de combat. Mais comme je te l'ai dit, j'étais payée. Et j'aimais particulièrement faire perdre ceux qui pariaient contre moi.

— C'est pour ça que tu te préoccupes du sort des esclaves ? me demanda-t-il doucement.

— Non, je me préoccupe d'eux parce que c'est fondamentalement mal d'ôter la liberté à quelqu'un, répondis-je. Mais nous parlerons de cela plus tard. Trouvons cette dent et foutons le camp d'ici, avant que les seigneurs ne débarquent !

Je laissai de côté le reste de la phrase qui rebondissait dans ma tête. Je savais que nous allions tôt ou tard devoir gérer nos différences d'opinions. Ça ne serait certainement pas facile, mais j'étais certaine que nous trouverions un moyen de les surmonter. Je savais qu'il était capable de changer ; il m'avait dit lui-même que j'avais un pouvoir sur lui...

— Ma sœur doit faire du bon travail pour les distraire. Il y a un moment qu'elle n'a pas donné l'alerte.

— C'est vrai... J'espère qu'elle va bien.

— Éris va toujours bien, répondit-il en arquant les sourcils. Ce sont ses victimes qui devraient t'inquiéter.

— Tu marques un point ! Bon. Où est cette dent ?

Je fis un pas dans le couloir, déterminée à la retrouver rapidement. Jusqu'à présent, Panique avait eu le dessus sur nous ; nous allions maintenant prendre notre revanche !

VINGT-CINQ

BELLA

À côté de certains des objets sous les dômes en verre dans la salle des trophées de Panique, la rose de Belle faisait pâle figure.

— Putain... C'est quoi ce truc ? soufflai-je, fixant quelque chose qui ressemblait à une main humaine, s'il n'y avait pas eu des centaines d'yeux et de jambes dessus.

La chose semblait morte.

Arès s'arrêta à côté de moi, et son nez se plissa de dégoût.

— Je n'en ai aucune idée.

Il y avait beaucoup de bijoux, de pierres précieuses brillantes, de magnifiques diadèmes, et aussi beaucoup d'armes. Arès fut particulièrement attiré par une hache de combat en bronze étincelant, mais je le poussai plus loin dans le couloir.

— Nous sommes ici pour la dent. Ne sois pas trop gourmand. C'est comme ça qu'ils se font toujours prendre.

— Qui se fait prendre ?

— Tout le monde. Tu sais, dans les pièces et les films.

— Je ne sais pas de quoi tu parles.

Je soupirai.

— Comme d'habitude. Quand tout ça sera fini, je t'emmènerai au théâtre, lui dis-je.

— Oh. Moi aussi je t'emmènerai au théâtre, tu sais…

— Excellent ! J'adore ça ! dis-je lui lançant un sourire.

Finalement, au troisième piédestal, nous tombâmes sur un dôme en verre renfermant une dent pointue et jaunie.

— Tu crois que c'est ça ? demandai-je, en la regardant attentivement.

— Elle est en tout cas assez grande.

— Regardons quand même ce qu'il y a dans les autres dômes, pour être sûrs.

Rapidement, nous examinâmes les quelques trophées restants. Lorsque j'atteignis les deux derniers piédestaux, quelque chose frôla ma peau. C'était chaud et électrique, et je sentis brusquement une odeur de fumée. Le bruit de l'acier résonna dans mes oreilles, et je fronçai les sourcils.

— Tu sens, Arès ?

Ce n'étaient pas les seigneurs. En fait, ce n'était pas quelque chose de négatif… Des cris de bataille résonnèrent au loin, et je me vis en guerrière, sur mon cheval au galop.

Je regardai Arès et m'apprêtai à lui reposer la question, quand je vis que son regard était fixé sur le piédestal en face de lui.

À la seconde où mes yeux se posèrent sur l'objet qu'il contenait, je retins mon souffle, sentant en moi une force nouvelle et puissante.

C'était un casque. Similaire à celui d'Arès, mais son panache était violet et il était plus petit. Les fentes des yeux étaient plus grandes, et la découpe s'ouvrait plus haut, de sorte que la bouche de celui qui le portait était visible. Je tendis le bras en m'approchant, sachant avec certitude que ce n'était pas la première fois que je voyais ce casque. Tout comme le bouclier avec les chevaux, ou Ischyros. Je connaissais ce casque.

— Arès ? l'interrogeai-je.

Il se tourna vers moi, les yeux emplis de douleur et de chagrin.

— Nous devons le prendre, dit-il, d'une voix basse et résolue.

Même si nous étions venus pour la dent, je savais qu'il avait raison. J'étais liée à ce casque ; je le sentais au plus profond de moi, et je *devais* le libérer de sa prison de verre.

— Oui, d'accord. Mais récupérons la dent d'abord.

Il hocha la tête, et nous courûmes vers la dent de Dentro, avec une urgence soudaine.

Arès avait aussi reconnu le casque, j'en étais sûre.

Le dieu de la Guerre dégaina son épée, et le bruit de l'acier résonna plus fort à l'intérieur de moi. Je sortis Ischyros de la poche dans laquelle il était dissimulé, sentant avec un réel plaisir le manche chauffer dans ma main tandis qu'il se transformait en épée.

— À trois ? me demanda Arès.

— Oui...

— Trois, deux, un !

Ensemble, nous fîmes voler nos lames dans les airs, et les écrasâmes sur le verre. Je déversai toute mon énergie dans l'épée et laissai Arès puiser autant qu'il le voulait dans l'antre brûlant à l'intérieur de moi. Lorsque nous entrâmes en contact, le temps s'arrêta, le tintement des armes contre le dôme résonnant dans la salle de pierre. Puis, au bout de quelques secondes, le verre se brisa complètement, tombant en cascade sur le sol. Sans attendre, je tendis le bras, ramassai la dent massive de Dentro, et la glissai entre ma peau et le bustier moulant de ma robe.

Une vague d'air glacée souffla dans la pièce, transportant avec elle un sentiment de désespoir.

— Il sait que nous sommes ici, dit Arès.

Il courut vers le casque et je le suivis.

La bourrasque souffla plus fort, soulevant mes cheveux et ma jupe. Lorsque j'atteignis le piédestal du casque, je jetai un coup d'œil par-dessus mon épaule. Je retins mon souffle en découvrant qu'une tornade était en train de se former et s'approcher de nous. C'était Panique.

— Il est là ! criai-je.

Je me tournai complètement vers lui et brandis mon épée, posant mon autre main sur la dent, sur ma poitrine. Un affreux sentiment de tristesse s'abattit sur moi, comme si tout mon corps avait absorbé le pouvoir de Panique, et j'eus à nouveau la vision d'Arès, mort, noyé.

Le bruit du métal sur le verre me fit regarder en arrière, et je me concentrai alors qu'Arès retirait son arme du dôme auquel il venait de porter un coup. Il n'avait pas brisé le verre, juste créé une fissure qui s'élargissait.

— J'ai besoin de toi, rugit-il, les yeux exorbités.

Je levai Ischyros et, sans décompte cette fois, nous frappâmes le dôme à l'unisson avec nos épées. Mon coup était maladroit, mais ma puissance alimentée par la peur suffit à ce que le verre se brise. Aussitôt, Arès récupéra le casque, puis j'entendis sa voix hurler dans ma tête.

— *Éris ! Aide-nous !*

— Ta sœur a été arrêtée, mon seigneur...

La voix de Panique grinçait comme des clous sur un tableau noir, et tous les poils de mon corps se hérissèrent tandis que nous nous tournions lentement vers lui.

Il n'était pas seul. Douleur et Terreur se tenaient derrière lui, et une autre vague de désespoir s'abattit sur moi. Ensemble, ils étaient plus forts que nous. Si nous devions nous battre, nous allions perdre. Or, j'avais juré de rendre la dent au magnifique dragon tenu prisonnier, et je tenais toujours mes promesses.

— Vous ne pouvez pas arrêter la déesse du Chaos, grogna Arès.

Il était calme, posé, comme s'il n'avait pas peur d'eux et qu'il n'avait rien à perdre. Je fis de mon mieux pour l'imiter.

— C'est vrai. Éris est plus forte que vous !

Un sourire lent et effrayant se répandit sur le visage de Panique. Il était habillé exactement comme travailleur de la terre noble du Moyen-Âge, avec un pantalon, une chemise, et de grosses bottes en cuir, le tout dans des tons de vert mousseux.

— Plus maintenant. J'ai bien peur que sa querelle avec Aphrodite n'ait atteint son paroxysme...

Merde ! Nous étions piégés. Mon pouvoir n'était pas assez fort pour qu'Arès nous téléporte d'un endroit aussi sécurisé, et il n'y avait ni fenêtre ni porte, en dehors de celle qu'ils bloquaient.

Panique regarda sournoisement ma poitrine, où était cachée la dent, et le casque que tenait Arès.

— Je comprends maintenant pourquoi Dentro vous a laissés partir, murmura-t-il. C'est un dragon intelligent. Il va payer pour avoir essayé de me duper.

La température de la pièce chuta encore, et je frissonnai avec un sentiment d'horreur.

— Tu es un connard ! dis-je froidement. Ce dragon mérite d'être libre !

— Ce n'est pas de ma faute s'il n'a pas su garder sa

dent, siffla Panique en retour. Maintenant, rendez-moi ce qui m'appartient, et je ferai comme si rien ne s'était passé. Nous retournerons au bal et annoncerons la dernière épreuve.

Il tendit la main.

— Va te faire foutre ! crachai-je.

Il était hors de question que je lui remette la dent. Il devrait se battre avec moi pour la récupérer, que je sois capable de gagner ou non. Je sentis une chaleur naître en moi, mes pouvoirs me protégeant de sa présence froide et inquiétante.

— Alors nous allons devoir vous les prendre.

Je levai mon bouclier alors qu'Arès parlait dans ma tête.

— *Tu me fais confiance ?*

— *Bien sûr.*

Je le laissai tirer sur mes pouvoirs et, tandis que je sentais mes forces me quitter, la dent devint de plus en plus lourde, et Ischyros encore plus. Mes jambes fléchirent, et les yeux de Panique s'illuminèrent quand il réalisa que mon bouclier avait disparu. Un mur d'air s'abattit sur moi, me faisant presque basculer, un gémissement hideux résonnant dans mes oreilles. Je manquai de lâcher l'épée et la dent pour plaquer mes mains sur mes oreilles, tant le son était désagréable. La panique se fraya un chemin dans ma poitrine, dans ma gorge. Elle prenait le dessus, impossible à arrêter.

Incapable de résister plus longtemps, je me laissai tomber en arrière lorsqu'un énorme bras s'enroula autour de ma taille, me faisant tourner sur moi-même.

— Cours ! cria Arès, se dirigeant vers le mur de pierre au bout du couloir.

J'obtempérai, avec l'envie de hurler devant la lenteur

de mes mouvements. Ma vitesse et ma puissance habituelles avaient disparu, et le poids de mon épée et de la dent me ralentissait encore plus. De la chaleur émanait d'Arès, juste devant moi, puis une boule de feu qui devait faire deux fois ma taille jaillit de lui. Interloquée, je m'arrêtai une seconde – suffisamment pour permettre à la tornade hurlante de Panique de s'écraser dans mon dos. Je criai en tombant en avant, me rattrapant sur mes mains et mes genoux, écrasant la dent et Ischyros sous le poids de mes mains.

Je vis alors la boule de feu exploser en heurtant le mur de pierre, et je levai un bras devant moi pour me protéger. Une pluie de pierres enflammées et des morceaux de lianes brûlants volèrent vers moi, mais heurtèrent un mur invisible qui s'était formé autour de moi. Je levai les yeux et vis Arès, brillant de l'or le plus éclatant, s'accroupir à côté de moi et m'aider à me relever. Doucement, mes pouvoirs revenaient en moi et je les utilisai avec gratitude. Mes muscles reprirent leur force, et je pus à nouveau porter Ischyros tandis qu'Arès s'empara de la dent. Puis nous courûmes vers le mur explosé au milieu duquel se trouvait un grand trou béant.

— Prête ? cria-t-il alors que Panique émettait un son étranglé derrière nous.

— Putain oui ! hurlai-je.

Nous nous élançâmes hors de la tour.

VINGT-SIX

BELLA

Mon cœur battait à toute allure alors que nous fendions l'air froid, la pluie battant si fort que je pouvais à peine voir.

— Bouclier ! entendis-je Arès crier.

Aussitôt, j'imaginai mon bouclier de guerrière et je resserrai ma prise sur Ischyros. Alors, dans un fracas assourdissant, nous frappâmes contre quelque chose mais, avant que je puisse comprendre quoi, tout autour de nous devint blanc.

J'aspirai comme je le pouvais, regardant autour de moi désespérément. Nous étions de retour dans la forêt lugubre, encore plus sombre que la dernière fois que nous y étions : cette fois, il faisait nuit.

Arès était debout à côté de moi sous la pluie battante, les yeux pleins de hargne. J'essayai de me concentrer sur ce qui se trouvait derrière lui, de comprendre notre environnement, mais il brillait tellement que j'avais toutes les peines du monde à détacher mon regard de lui.

— Je ne savais pas que fuir pouvait être aussi exaltant, souffla-t-il, avant de s'avancer vers moi et de m'embrasser

– brièvement, mais avec fougue. Ô combien passionnément.

Lorsqu'il se détacha de moi, le feu dansait dans ses iris et son regard était perçant.

— Tu me fais découvrir tellement de choses !

Il était aussi sexy que sincère, mais je ne savais pas s'il faisait référence à sa mortalité, à ses nouveaux sentiments pour moi, ou juste au désir qu'il ressentait. Peut-être aux trois ?

— Apportons cette dent à Dentro avant que Panique ne nous rattrape, et nous le saurons, dis-je, la voix anormalement rauque.

— Bella, depuis que je te connais, toutes mes certitudes se sont écroulées, dit-il. Absolument toutes. Je t'en prie, dis-moi que tu sais que je peux changer.

Il y avait une supplication dans sa voix, très différente de son ton orgueilleux habituel, et mon cœur gonfla dans ma poitrine.

— Oui. Mais tu n'as pas besoin de changer, Arès. Tu dois juste revoir certaines de tes attitudes qui sont dépassées.

— Cela veut-il dire que tu ne me reproches pas mes mauvaises décisions ?

Il avait presque l'air d'avoir peur et je le regardai en penchant la tête sur le côté, surprise par l'intensité de son regard. Parlait-il de la façon dont il dirigeait son royaume ? Ou de quelque chose d'autre ?

— Nous faisons tous des erreurs. Et nous pouvons tous essayer de les réparer.

— Bella...

Il prononça mon nom comme une excuse, la douleur emplissant ses yeux. Je fronçai les sourcils, oubliant la pluie qui s'abattait sur nous.

— Quoi ? Qu'est-ce qu'il y a ?

— J'ai besoin que tu le saches, Bella. J'ai besoin que tu le saches maintenant.

— Que je sache quoi ?

Je devenais nerveuse, et un sentiment de malaise m'envahit.

— Je crois que je suis tombé amoureux de toi.

Mon cœur s'arrêta net. Pendant une seconde, il n'y avait plus que lui et moi. Plus rien d'autre ne comptait, ni la pluie, ni la forêt dangereuse, ni quoi que ce soit d'autre. Lui et moi avions la certitude indéniable que nous étions faits pour être ensemble. Nous étions deux moitiés qui devaient être réunies.

Puis je fus prise d'une agonie atroce. Je hurlai, lâchant Ischyros et tombant à genoux. J'avais l'impression que mon crâne se séparait en deux. La douleur était tellement forte que j'entendis à peine le cri d'Arès.

Un rire grinçant transperça l'air, et la voix d'Aphrodite résonna entre les arbres, tranchant tout le reste.

— Mes enfants... Vous devriez savoir que mon pouvoir se révèle quand l'amour règne. Ce n'est que lorsque j'entends des mots d'amour que ma malédiction prend vie. Veux-tu voir de qui tu es tombée amoureuse, Bella ? Veux-tu voir à quel point ton dieu peut être ignoble ?

— Non ! cria Arès.

Je levai la tête, les yeux ruisselants de douleur, et je le vis grandir. Le lien entre nous prit feu dans mon ventre tandis qu'il tirait sur mes pouvoirs.

— Pourquoi, Arès ? Si tu l'aimes vraiment, et que tu veux qu'elle t'aime en retour, elle doit tout connaître de toi, y compris des côtés les plus sombres...

Le visage d'Arès se transforma. Les belles flammes dans ses yeux disparurent, et furent remplacées par une obscurité froide et dure. Il régnait autour de nous une odeur putride de sang, et sa lueur habituellement dorée était rouge. Il faisait au moins trois mètres de haut maintenant, et il prenait de plus en plus de mes pouvoirs à chaque seconde. J'essayai d'endiguer le flux, de le stopper mais, chaque fois, il grognait d'un son inhumain, horrible et tirait de plus en plus fort. Je criai de douleur et de frustration tandis que quelque chose vacilla dans ses yeux. Puis j'entendis le rire d'Aphrodite, et les iris d'Arès devinrent complètement noirs.

— Il est tout à toi, Bella !

J'essayai de me redresser mais mes forces m'avaient lâchée. Je tentai de reprendre Ischyros, mais il était trop lourd. Alors, je levai les yeux vers Arès, et une peur viscérale m'envahit.

Il avait doublé de taille, et sa lumière rouge projetait des ombres sinistres sur la forêt autour de nous.

— Arès, s'il te plaît. Arrête de prendre mes pouvoirs.

Je ne reconnaissais rien de lui. Ces yeux noirs qui me toisaient n'étaient pas les siens... Le bandeau doré ornant son front se transforma à nouveau en casque, et un vertige m'envahit lorsqu'il le rabattit sur sa tête. J'étais terrifiée. J'essayai de me concentrer sur mon point d'énergie, mais il était minuscule, presque éteint. Bientôt, il allait mourir.

— Arès ! Je t'en supplie ! Ne me prive pas de mes pouvoirs !

— « Tes pouvoirs » ? ricana-t-il d'une voix rauque, puissante, et totalement étrangère.

Il tapa du pied en me regardant, son corps tout entier devenant de plus en plus rouge.

— Les pouvoirs que tu as en toi sont les miens !

J'eus à peine le temps de rouler sur le côté avant que son pied ne s'écrase à l'endroit où j'étais.

— Arès, arrête ! C'est moi !

— Je suis le dieu de la Guerre ! rugit-il.

La pluie tonnait sur son armure tandis qu'il continuait de grandir, jusqu'à atteindre la taille des arbres autour de nous.

— Tu t'inclineras devant moi ! Tous s'inclineront devant moi !

Le bruit d'épées et de chevaux au galop résonna dans l'air. Des coups de canon retentirent, couverts par des cris d'hommes et de femmes agonisant.

— Arrête ! le suppliai-je, les yeux pleins de larmes.

Mais mes supplications ne servaient à rien.

L'homme qui venait de me dire qu'il m'aimait ne pouvait pas être le même que celui qui me surplombait à présent et qui respirait la mort.

— Arès ! s'il te plaît !

— C'est le vrai pouvoir de la guerre ! hurla-t-il. Tu n'en es pas digne. Il doit me revenir.

Sa voix était un grognement sauvage et ses yeux froids et morts se figèrent sur moi.

La fatigue m'immobilisait. Des taches sombres flottaient devant mes yeux et ma vision n'était plus rouge. En fait, je n'avais plus assez d'énergie pour le combattre. J'avais l'impression que ma poitrine se déchirait, et ce n'était pas une blessure physique. C'était bien pire. La connexion avec Arès, qui s'était intensifiée avec le temps, avait maintenant complètement disparu. Il ne restait que la sensation écœurante qu'il drainait mes pouvoirs. Et je réalisai, les yeux brûlants, qu'il y avait deux cordons, deux connexions : l'une reliant nos pouvoirs, et l'autre reliant nos âmes. Les deux s'étaient rompues.

Les larmes coulant sur mon visage ravagé, je compris

que je devais courir, avant que l'homme dont j'étais tombée amoureuse ne tente de me tuer.

Alors que j'essayai de me relever, je sentis le sol trembler sous mes pieds nus, comme si des arbres étaient en train d'être déterrés.

— Ényo !

La voix n'était pas celle d'Arès ; c'était Dentro. Son corps couvert d'écorce enroulé autour d'Arès, il baissa la tête sur le sol pour récupérer sa dent.

— Tu as tenu parole, dit-il, d'une voix riche et douce.

Puis une lumière verte jaillit en même temps que le dieu de la Guerre, haut d'au moins six mètres, abattit son épée sur le corps de Dentro. Alors, dans un sifflement strident, le dragon se rétracta rapidement, fouettant avec sa queue les arbres qui nous entouraient et qui tombèrent l'un après l'autre dans un fracas retentissant. Mais, déjà les yeux d'Arès étaient de nouveau braqués sur moi.

Réunissant mes dernières forces, je me retournai pour courir, mais la pression sur mes pouvoirs s'intensifia et je trébuchai. Je n'avais plus assez d'énergie. Je n'avais probablement plus que quelques minutes avant de m'évanouir, et je mourrai. Entre les mains d'Arès. Cette pensée était insupportable, et tout l'amour qui avait gonflé mon cœur quelques minutes auparavant se déversait maintenant comme un poison, toxique et cruel, dans mes veines.

Je sentis quelque chose de dur contre mon torse, et ma vision se brouilla alors que j'essayai de lutter contre.

La voix de Dentro résonna dans ma tête, et je cessai de me débattre alors qu'il me souleva du sol.

Clignant des yeux à travers la pluie, le souffle court et le cœur battant bondissant, je vis Arès fendre la nuit, vers moi, brandissant son épée et les yeux emplis de haine. Dentro me fit tourner juste à temps pour lui échapper, sa queue s'enroulant plus étroitement autour de moi. Puis, déployant ses ailes gigantesques, il quitta le sol, m'emportant avec lui dans les airs.

Arès poussa un cri de rage pure tandis que nous nous élevions. Ma tête se mit à tourner et une douleur atroce se déclara en moi tandis que le lien qui me reliait à Arès prenait feu. Je hurlais, incapable de penser ou de voir, et Arès hurla plus fort encore. Puis, soudainement, tous mes pouvoirs me revinrent. J'ouvris les yeux et inspirai profondément alors que tous mes sens reprirent vie. Ma vision redevint rouge et je distinguai clairement la forêt se rétrécir en dessous de moi alors que nous nous élevions sous une pluie froide et humide.

— Ramène-moi !

— *Non. Il va te tuer.*

— J'ai récupéré mes pouvoirs, ramène-moi ! criai-je, me débattant inutilement pour tenter de me libérer de l'emprise du dragon.

— *Ils te sont revenus car tu es trop loin de lui, maintenant, pour qu'il puisse te les prendre. Si tu y retournes, il te videra à nouveau et te tuera.*

Je hurlai et frappai l'écorce de Dentro de toutes mes forces. Le désespoir, la douleur, et la frustration que je ressentais étaient insupportables.

— Je l'aime, sanglotai-je. Je ne peux pas le quitter ! J'ai juré que je ne le quitterais plus jamais.

— *Je suis désolé, petite déesse. Mais je ne peux pas te ramener,* me répondit Dentro, sincèrement triste et désolé.

— Qu'est-ce qu'elle lui a fait ? Qu'est-ce que cette putain de sorcière a fait ? Ce n'est pas lui !

— *La déesse de l'Amour est une déesse terrifiante. Mais si tu aimes vraiment Arès, je t'aiderai à lever la malédiction.*

— Je l'aime. Je l'aime vraiment. Je suis prête à faire n'importe quoi. Je t'en supplie, nous devons le sauver !

Dans un sanglot, je me débarrassai de tous mes doutes, laissant la vérité m'envahir complètement alors que le dragon continuait de voler sous la pluie.

J'aimais Arès. Et je ferai tout pour qu'il me revienne.

MERCI POUR VOTRE LECTURE !

Merci d'avoir lu *Le dieu sauvage*. J'espère que ce livre vous a plu ! Si c'est le cas, je vous serais très reconnaissante de me donner votre avis. Cela m'aide beaucoup ! Il vous suffit de cliquer ici et d'écrire quelques mots. Ce serait formidable de votre part :)

Vous pouvez commander le prochain livre, *Le dieu doré*, ici.

Vous pouvez également découvrir en exclusivité des aperçus d'œuvres et des idées de futures histoires, ainsi que des nouvelles et des livres audio gratuits, en vous inscrivant à ma newsletter sur elizaraine.com.